HENRIK IBSEN

# NORA
ODER
# EIN PUPPENHEIM

Schauspiel in drei Akten

HAMBURGER LESEHEFTE VERLAG
HUSUM/NORDSEE

PERSONEN

HELMER, Rechtsanwalt
NORA, seine Frau
FRAU LINDE
DOKTOR RANK
KROGSTAD
DIE DREI KLEINEN KINDER HELMERS
ANNE-MARIE, Kinderfrau
EIN HAUSMÄDCHEN
EIN DIENSTMANN
} bei Helmers

Das Stück spielt in Helmers Wohnung.

## ERSTER AKT

*Ein gemütlich und geschmackvoll, aber nicht luxuriös eingerichtetes Zimmer. Rechts im Hintergrund führt eine Tür in das Vorzimmer; eine zweite Tür links im Hintergrund führt in Helmers Arbeitszimmer. Zwischen diesen beiden Türen ein Klavier. Links in der Mitte der Wand eine Tür und weiter nach vorn ein Fenster. Nahe am Fenster ein runder Tisch mit Lehnstühlen und einem kleinen Sofa. Rechts an der Seitenwand weiter zurück eine Tür und an derselben Wand weiter nach vorn ein Kachelofen, vor dem ein paar Lehnstühle und ein Schaukelstuhl stehen. Zwischen Ofen und Seitentür ein kleiner Tisch. An den Wänden Kupferstiche. Eine Etagere mit Porzellan und anderen künstlerischen Nippessachen; ein kleiner Bücherschrank mit Büchern in Prachteinbänden; Teppich durchs ganze Zimmer. Im Ofen ein Feuer. Wintertag.*

### ERSTER AUFTRITT

*Nora. Hausmädchen. Dann Helmer. Dienstmann.*
*Im Vorzimmer klingelt es; gleich darauf hört man, wie geöffnet wird. Nora tritt vergnügt trällernd ins Zimmer; sie hat den Hut auf und den Mantel an und trägt eine Menge Pakete, die sie rechts auf den Tisch niederlegt. Sie lässt die Tür zum Vorzimmer hinter sich offen, und man sieht draußen einen Dienstmann, der einen Tannenbaum und einen Korb trägt; er übergibt beides dem Hausmädchen, das ihnen geöffnet hat.*

NORA. Tu den Tannenbaum gut weg, Helene. Die Kinder dürfen ihn keinesfalls vor heut Abend sehen, wo er geputzt ist. *(Zum Dienstmann, indem sie ihr Portemonnaie hervorzieht:)* Wie viel – ?

DIENSTMANN. Fünfzig Öre.

NORA. Da haben Sie eine Krone –. Nein – behalten Sie den Rest. *(Der Dienstmann dankt und geht. Nora schließt die Tür. Sie lacht noch immer stillvergnügt vor sich hin, während sie Hut und Mantel ablegt. Sie zieht eine Tüte mit Makronen aus der Tasche und isst ein paar; dann geht sie vorsichtig an die Tür ihres Mannes und lauscht. Ja, er ist zu Hause. Trällert wieder leise vor sich hin, indem sie rechts an den Tisch tritt.)*

HELMER *(in seinem Zimmer).* Zwitschert da draußen unsere Lerche?

NORA *(während sie einige Pakete öffnet).* Jawohl!

HELMER. Poltert da unser Eichkätzchen herum?

NORA. Ja!

HELMER. Wann ist das Eichkätzchen nach Hause gekommen?

NORA. Diesen Augenblick. *(Steckt die Makronentüte in die Tasche und wischt sich den Mund ab.)* Komm, Torvald, und sieh dir mal meine Einkäufe an.

HELMER. Nicht stören! *(Bald darauf öffnet er die Tür und sieht herein, mit der Feder in der Hand.)* Einkäufe, sagst du? Diese vielen Sachen? Ist der kleine lockere Zeisig wieder aus gewesen und hat Geld verschwendet?

NORA. Aber Torvald, dies Jahr dürfen wir doch wirklich ein bisschen über die Stränge schlagen. Sind's doch die ersten Weihnachten, wo wir nicht zu sparen brauchen.

HELMER. Hör mal, du, Luxus dürfen wir auch nicht treiben.

NORA. Doch, Torvald, wir dürfen jetzt schon ein bisschen Luxus treiben. Nicht wahr? Nur ein ganz, ganz klein bisschen. Du bekommst ja nun ein großes Gehalt und wirst viel, viel Geld verdienen.

HELMER. Jawohl, von Neujahr ab. Aber dann vergeht noch ein ganzes Quartal, bis das Gehalt fällig ist.

NORA. Bah! Bis dahin können wir ja borgen.

HELMER. Nora! *(Geht hin zu ihr und zupft sie scherzhaft am Ohr.)* Geht schon wieder der Leichtsinn mit dir durch? Gesetzt den Fall, ich borgte mir heute tausend Kronen, und du brächtest sie in der Weihnachtswoche durch, und am Silvesterabend fiele mir ein Ziegelstein auf den Kopf, und ich läg da –

NORA *(hält ihm den Mund zu).* Pfui, lass die schrecklichen Reden!

HELMER. Ja, nimm mal an, dass so was passierte, – was dann?

NORA. Wenn so was Grässliches passierte, dann wär mir's ganz gleichgültig, ob ich Schulden hätte oder nicht.

HELMER. Und meine Gläubiger?

NORA. Die? Wen gingen die was an? Das sind ja fremde Leute.

HELMER. Nora, Nora, du bist ein Weib! Doch im Ernst gesprochen, Nora, du weißt, wie ich in dieser Hinsicht denke. Keine Schulden machen! Niemals borgen! Es kommt etwas Unfreies und damit auch etwas Unschönes über ein Hauswesen, das auf Schuldenmachen gegründet ist. Bis auf den heutigen Tag haben wir beide tapfer ausgehalten, und das wollen wir nun auch noch die kurze Zeit tun, wo es nötig ist.

NORA *(geht zum Ofen hin).* Na ja; wie du willst, Torvald.

HELMER *(geht hinter ihr her).* Ei, nun darf aber unsere kleine Lerche auch nicht die Flügel hängen lassen. Wie? Unser Eichkätzchen steht und mault? – *(Zieht das Portemonnaie.)* Nora, was mag ich da wohl haben?

NORA *(wendet sich schnell um).* Geld!

HELMER. Da nimm! *(Gibt ihr einige Banknoten).* Du lieber Gott, ich weiß, dass zu Weihnachten im Hause einiges draufgeht.

NORA *(zählt).* Zehn, – zwanzig, – dreißig, – vierzig. Schönen Dank, Torvald, schönen Dank; damit komme ich lange aus.

HELMER. Das musst du aber auch!

NORA. Freilich, das werd ich. Aber nun komm und lass dir alle meine Einkäufe zeigen. Und so günstig! Schau her, – ein neuer Anzug für Ivar – und dazu ein Säbel. Hier ist ein Pferd und eine Trompete für Bob, und da eine Puppe und Puppenwiege für Emmy. Es ist freilich recht einfach, aber sie macht doch immer gleich alles kaputt. Und hier Kleiderstoff und Taschentücher für die Mädchen. Die alte Anne-Marie müsste eigentlich viel mehr haben!

HELMER. Und was ist in dem Paket da?

NORA *(schreit).* Weg, Torvald! Das bekommst du erst am Abend zu sehen!

HELMER. Ach so! – Aber nun sag mir, du kleiner Verschwender, womit hast du denn dich selbst bedacht?

NORA. Ach geh, – ich mich? Ich wüsste wirklich nicht, was –

HELMER. Du sollst aber! Nenne mir was Praktisches, was dir ganz besondere Freude machen würde.

NORA. Ich wüsste wirklich nichts. – Doch, Torvald, hör –

HELMER. Nun?

NORA *(spielt an seinen Knöpfen, ohne ihn anzusehen).* Wenn du mir ein Geschenk machen willst, so könntest du ja –; du könntest –

HELMER. Na also – heraus damit!

NORA *(hastig).* Du könntest mir Geld schenken, Torvald. So viel nur, wie du meinst entbehren zu können. Ich kann mir dann gelegentlich etwas dafür kaufen.

HELMER. Aber Nora –

NORA. Ja, tu's, lieber Torvald, ich bitte dich recht sehr; ich wickle mir dann das Geld in schönes Goldpapier ein und hänge es an den Weihnachtsbaum. Wäre das nicht hübsch?

HELMER. Wie nennt man doch die Vögel, die alles Geld durchbringen?

NORA. Ja, ja, lockere Zeisige – ich weiß schon. Aber wenn du mir den Gefallen tust, Torvald, dann habe ich Zeit zu überlegen, was ich am notwendigsten brauche. Ist das nicht sehr vernünftig, Torvald, wie?

HELMER *(lächelnd).* Ei freilich –, das heißt, wenn du das Geld, das ich dir gebe, wirklich festhalten und dir selbst etwas dafür kaufen könntest. So aber geht es im Haushalt und für allerhand unnütze Dinge drauf, und dann muss ich wieder herausrücken.

NORA. Ach bewahre – Torvald.

HELMER. Unleugbar, meine kleine liebe Nora! *(Legt den Arm um ihre Taille.)* Mein lockerer Zeisig ist entzückend, aber er braucht viel, viel Geld. Man sollt es nicht glauben, wie hoch einem Mann solch ein Vögelchen zu stehen kommt.

NORA. Aber nein! Wie kannst du nur so was sagen? – Ich spare doch, wo ich kann.

HELMER *(lacht).* Ein wahres Wort! Wo du kannst. Aber du kannst absolut nicht.

NORA *(trällert und lächelt stillvergnügt).* Hm! Du solltest nur wissen, wie viele Ausgaben wir Lerchen und Eichkätzchen haben, Torvald.

HELMER. Du bist ein seltsames kleines Ding. Ganz wie dein Vater. Auf jede Art bemühst du dich, Geld in die Hand zu kriegen, und sobald du es hast, verschwindet dir's zwischen den Fingern; du weißt nie, wo es geblieben ist. Na, aber man muss dich nehmen, wie du bist. Das liegt im Blut. Ja ja ja, Nora, so was vererbt sich.

NORA. Nun, ich wünschte, ich hätte viele von Papas Eigenschaften geerbt.

HELMER. Und ich möchte dich gar nicht anders haben, als du bist, meine liebe kleine singende Lerche. Doch – da fällt mir etwas ein. Du siehst heute so – so, – wie soll ich gleich sagen? – so verdächtig aus –

NORA. Ich?

HELMER. Allerdings. Sieh mir mal gerade in die Augen.

NORA *(sieht ihn an).* Na?

HELMER *(droht mit dem Finger).* Hat das Leckermäulchen etwa heut in der Stadt genascht?

NORA. Aber nein, wie kommst du darauf?

HELMER. Hat das Leckermäulchen ganz gewiss keinen Abstecher in die Konditorei gemacht?

NORA. Nein, Torvald, ich versichere –

HELMER. Nicht ein bisschen Eingemachtes genascht?

NORA. Nein, wirklich nicht!

HELMER. Auch nicht ein paar Makronen probiert?

NORA. Nein, Torvald, ich versichere –

HELMER. Nun, nun – es ist ja natürlich nur im Scherz gemeint.

NORA *(geht rechts an den Tisch).* Es würde mir doch nie einfallen, gegen deinen Wunsch zu handeln.

HELMER. Davon bin ich überzeugt. – Und dann hast du mir ja auch dein Wort gegeben – *(Geht zu ihr.)* Behalt deine kleinen Weihnachtsüberraschungen nur für dich, mein Herz. Heut Abend, wenn der Baum brennt, werden sie schon ans Licht kommen, das weiß ich sicher.

NORA. Hast du auch nicht vergessen, Doktor Rank einzuladen?

HELMER. Aber das ist doch gar nicht nötig. Es versteht sich von selbst, dass er mit uns speist. Übrigens werde ich ihn einladen, wenn er heut Vormittag herkommt. Guten Wein hab ich schon bestellt. Nora, du glaubst gar nicht, wie ich mich auf den heutigen Abend freue.

NORA. Ich mich auch. Und wie die Kinder erst jubeln werden, Torvald!

HELMER. Es ist doch ein herrlicher Gedanke, eine feste, gesicherte Stellung, sein reichliches Auskommen zu haben. Nicht wahr! Der Gedanke ist ein Hochgenuss!

NORA. Oh, es ist wunderbar!

HELMER. Denkst du noch an vorige Weihnachten? Drei liebe lange Wochen vorher hast du dich Abend für Abend bis in die tiefe Nacht hinein eingeschlossen, um Blumen für den Baum und die vielen andern Herrlichkeiten anzufertigen, womit wir überrascht werden sollten. Das war die ödeste Zeit, die ich je erlebt habe.

NORA. Ich hab mich dabei gar nicht gelangweilt.

HELMER *(lächelnd).* Aber das Ergebnis war doch recht dürftig, Nora!

NORA. Neckst du mich schon wieder damit! Was konnte ich dafür, dass die Katze kam und mir alles kaputtmachte.

HELMER. Nein, mein armes Norachen, dafür konntest du freilich nichts. Du hattest den besten Willen, uns alle zu beglücken, und das ist die Hauptsache. Aber gut ist es doch, dass die knappen Zeiten vorüber sind.

NORA. Ja, es ist wirklich wunderbar!

HELMER. Nun brauch ich hier nicht allein herumzusitzen und mich zu langweilen. Und du brauchst deine Augen und deine zarten Händchen nicht anzustrengen —

NORA *(klatscht in die Hände).* Nein, nicht wahr, Torvald, das brauchen wir nun nicht mehr!? Oh, wie herrlich sich das anhört. *(Nimmt seinen Arm.)* Nun pass mal auf, Torvald, wie ich mir unsere künftige Einrichtung gedacht habe. Sobald Weihnachten vorbei ist – *(Es läutet im Vorzimmer.)* Da läutet es!

*(Räumt schnell ein wenig im Zimmer auf.)* Es kommt gewiss jemand. Wie dumm!

HELMER. Für Besuche bin ich nicht zu Hause, vergiss das nicht.

## ZWEITER AUFTRITT

*Die Vorigen. Das Hausmädchen.*

HAUSMÄDCHEN *(in der Vorzimmertür).* Gnädige Frau – eine fremde Dame – –

NORA. Ich bitte.

HAUSMÄDCHEN *(zu Helmer).* Der Herr Doktor ist auch da.

HELMER. Er ist wohl gleich zu mir hineingegangen?

HAUSMÄDCHEN. Ja, das ist er.

*Helmer ab in sein Zimmer; das Hausmädchen führt Frau Linde, die im Reisekostüm ist, ins Zimmer und schließt dann die Tür hinter ihr.*

## DRITTER AUFTRITT

*Nora. Frau Linde.*

FRAU LINDE *(zaghaft und ein wenig zögernd).* Guten Tag, Nora.

NORA *(unsicher).* Guten Tag – – –

FRAU LINDE. Du kennst mich wohl nicht mehr – ?

NORA. Nein, ich weiß nicht –, doch – ich glaube – *(Aufjubelnd:)* Wie – Christine! Bist du's wirklich?!

FRAU LINDE. Ja, ich bin's.

NORA. Christine! Und ich erkannte dich nicht wieder! Aber wie konnte ich auch – ?! *(Leiser:)* Wie du dich verändert hast, Christine!

FRAU LINDE. Allerdings. In neun, zehn langen Jahren –.

NORA. So lange haben wir uns nicht gesehen? Wahrhaftig, ja! Oh, die letzten acht Jahre waren eine glückliche Zeit! – Das kannst du glauben. Und nun bist du in die Stadt zu uns gekommen? Hast mitten im Winter die weite Reise gemacht? Das ist lieb von dir!

FRAU LINDE. Ich bin heut früh mit dem Schiff angekommen.

NORA. Natürlich, um dir ein Weihnachtsvergnügen zu machen. Wie nett! Wir wollen auch recht vergnügt sein. Aber so leg doch deine Sachen ab. Du frierst doch nicht? *(Hilft ihr.)*

So – jetzt setzen wir uns gemütlich an den Ofen. Nein, da in den Lehnstuhl! Ich setz mich in den Schaukelstuhl. *(Ergreift ihre Hände.)* Ja, das ist das alte, bekannte Gesicht; nur im ersten Augenblick – etwas bleicher bist du freilich geworden, Christine, – und vielleicht auch ein wenig magerer.

FRAU LINDE. Und viel, viel älter, Nora.

NORA. Nun ja, vielleicht ein bisschen älter; aber nur ganz, ganz wenig, nicht der Rede wert. *(Hält plötzlich inne; ernst:)* Wie gedankenlos! Da sitz ich und schwätze! Liebste, einzige Christine, kannst du mir verzeihen?

FRAU LINDE. Was denn, Nora?

NORA *(leise).* Arme Christine, du bist doch Witwe geworden.

FRAU LINDE. Ja, schon vor drei Jahren.

NORA. Gott, ich wusste es ja; ich hab es ja in den Zeitungen gelesen. Ach, Christine, du kannst mir glauben, immer wollte ich dir schreiben damals; aber jedesmal schob ich's wieder auf; stets kam was dazwischen.

FRAU LINDE. Liebe Nora, das begreif ich wohl.

NORA. Nein, Christine, es war hässlich von mir! Du Ärmste, was musst du nicht alles durchgemacht haben! – Und er hat dir nichts zum Leben hinterlassen?

FRAU LINDE. Nichts!

NORA. Auch keine Kinder?

FRAU LINDE. Nein!

NORA. Absolut nichts?

FRAU LINDE. Nicht einmal eine Sorge – oder ein Leid, von dem ich zehren könnte.

NORA *(sieht sie ungläubig an).* Aber Christine, wie ist das möglich?

FRAU LINDE *(lächelt schwermütig und streicht ihr über das Haar).* Oh, das kommt zuweilen vor, Nora.

NORA. So ganz allein! Wie furchtbar schwer das für dich sein muss! – Ich habe drei reizende Kinder. Augenblicklich kann ich sie dir nicht vorstellen, – sie sind mit der Kinderfrau aus. Aber nun musst du mir alles erzählen!

FRAU LINDE. Ach nein! Erzähl du mir lieber!

NORA. Nein, du musst anfangen. Heut will ich nicht egoistisch sein. Heut will ich nur an deine Angelegenheiten denken. Aber eines muss ich dir doch erzählen. Hast du schon davon gehört, welch großes Glück wir in diesen Tagen gehabt haben?

FRAU LINDE. Nein, was denn?

NORA. Denk dir, mein Mann ist Direktor der Aktienbank geworden.

FRAU LINDE. Dein Mann? O dieses Glück – !

NORA. Ja, ein riesiges Glück. Ein Rechtsanwalt hat ein so unsicheres Brot, besonders wenn er sich nur mit feinen und anständigen Geschäften befassen will. Und das hat Torvald natürlich immer gewollt; und darin bin ich auch ganz seiner Ansicht. Glaub mir, wir freuen uns! Schon zu Neujahr tritt er in die Bank ein, und dann kriegt er ein großes Gehalt und Prozente. Von jetzt an können wir ganz anders leben als bisher –, ganz, wie wir wollen. Ach, Christine, wie leicht und glücklich ich mich fühle! Es ist doch wunderschön, viel Geld und keine Sorgen zu haben. Nicht wahr?

FRAU LINDE. Jedenfalls muss es schön sein, das Notwendige zu haben.

NORA. Nein, nicht das Notwendige nur – sondern sehr, sehr viel Geld.

FRAU LINDE *(lächelt).* Nora, Nora! Bist du noch immer nicht gescheit geworden? In der Schule warst du eine große Verschwenderin.

NORA *(lächelt still).* Ja, das sagt Torvald heute noch. *(Droht mit dem Finger.)* Aber „Nora, Nora" ist nicht so dumm, wie ihr denkt. Uns ist es wahrhaftig nicht so ergangen, dass ich hätte verschwenden können. Wir haben beide arbeiten müssen.

FRAU LINDE. Du auch?

NORA. Ja, Kleinigkeiten –, Handarbeiten, Häkeleien, Stickereien und dergleichen, – *(Leichthin:)* – und auch noch andere Sachen. Du weißt doch, dass Torvald seine Staatsanstellung aufgab, als wir heirateten? In seiner Abteilung war keine Aussicht auf Beförderung, und er musste doch mehr Geld verdienen als früher. Aber schon im ersten Jahr überarbeitete er sich schrecklich. Du kannst dir denken, dass er auf allerhand Nebenverdienste angewiesen war und von früh bis spät zu tun hatte. Das konnte er nicht durchhalten, und so wurde er todkrank. Die Ärzte hielten eine Reise nach dem Süden für notwendig.

FRAU LINDE. Ach ja, ihr wart ja ein ganzes Jahr in Italien.

NORA. Ja. Glaub mir, es war nicht leicht wegzukommen. Ivar war eben geboren. Doch weg mussten wir auf jeden Fall. Oh, es war eine so schöne Reise; und sie rettete Torvald das Leben. Aber sie hat sehr viel Geld gekostet, Christine.

FRAU LINDE. Das kann ich mir denken.

NORA. Zwölfhundert Taler hat sie gekostet. – Viertausendachthundert Kronen. Das ist viel Geld.

FRAU LINDE. Aber in solcher Lage ist es jedenfalls doch ein großes Glück, wenn man es hat.

NORA. Ich will dir was sagen, wir kriegten es von Papa.

FRAU LINDE. Ach so. Gerade um jene Zeit starb ja wohl dein Vater.

NORA. Ja, Christine, gerade damals. Und denk dir, ich konnte nicht zu ihm reisen und ihn pflegen. Ich erwartete ja täglich die Geburt meines kleinen Ivar. Und dann musste ich ja auch meinen armen todkranken Torvald pflegen. Der liebe, gute Papa! Ich hab ihn nicht mehr wieder gesehen, Christine. Ach! das ist das Schwerste, was ich seit meiner Heirat erlebt habe.

FRAU LINDE. Ich weiß, du hattest ihn sehr lieb. Und dann reistet ihr nach Italien?

NORA. Ja – da hatten wir ja das Geld, und die Ärzte drangen darauf. Einen Monat später sind wir abgereist.

FRAU LINDE. Und dein Mann kam ganz geheilt zurück?

NORA. Munter wie ein Fisch im Wasser.

FRAU LINDE. Aber – der Doktor?

NORA. Was für ein Doktor?

FRAU LINDE. Ich glaubte das Mädchen so verstanden zu haben, der Herr, der zugleich mit mir eintrat, sei der Doktor.

NORA. Das war der Doktor Rank. Der kommt aber nicht als Arzt zu uns. Das ist unser bester Freund und lässt sich täglich wenigstens einmal sehen. Nein, Torvald ist auch noch nicht eine Stunde wieder krank gewesen. Und die Kinder sind munter und gesund, und ich auch. *(Springt auf und klatscht in die Hände.)* Mein Gott, Christine, es ist doch schön, zu leben und glücklich zu sein! – – Doch es ist abscheulich von mir – ; ich spreche immer nur von meinen eigenen Angelegenheiten. *(Setzt sich dicht neben sie auf einen Schemel und legt die Hände auf Frau Lindes Schoß.)* Oh, sei mir nicht böse! – Sag mal, ist es wirklich wahr, dass du deinen Mann nicht geliebt hast? Weshalb hast du ihn denn eigentlich genommen?

FRAU LINDE. Meine Mutter lebte noch und war bettlägerig und ohne Mittel. Und auch für meine beiden jüngeren Brüder hatte ich zu sorgen. Es schien mir unverantwortlich, seinen Antrag zurückzuweisen.

NORA. Nein, nein, das ist ganz richtig. Er war also damals reich?

FRAU LINDE. Er war recht wohlhabend, glaub ich. Aber es waren unsichere Geschäfte, Nora. Als er starb, kam der Zusammenbruch, und nichts blieb übrig.

NORA. Und dann – ?

FRAU LINDE. Dann musste ich mich mit einem kleinen Kramladen und einer kleinen Schule und allem möglichen durchschlagen. Die letzten drei Jahre sind ein einziger langer, ruheloser Arbeitstag für mich gewesen. Jetzt ist er zu Ende, Nora. Meine arme Mutter braucht mich nicht mehr, – sie ist gestorben. Und die Jungen auch nicht, – sie haben jetzt Stellungen und können für sich selber sorgen.

NORA. Wie erleichtert du dich fühlen musst –

FRAU LINDE. Nein, nur unsagbar leer. Niemand mehr, für den ich leben kann. *(Steht unruhig auf.)* Deshalb hielt ich es da in dem entlegenen Nest nicht mehr aus. Hier muss man doch leichter etwas finden können, das einen in Anspruch nimmt und die Gedanken beschäftigt. Wenn es mir nur gelänge, eine feste Stellung zu finden, ein wenig Büroarbeit –

NORA. Aber, Christine, das ist so schrecklich anstrengend, du siehst ohnehin schon so angegriffen aus. Es wäre viel besser für dich, wenn du eine Badereise machen könntest!

FRAU LINDE *(geht ans Fenster).* Ich habe keinen Vater, der mir das Geld dazu geben könnte, Nora.

NORA *(steht auf).* Oh, sei mir nicht böse!

FRAU LINDE *(geht zu ihr).* Meine liebe Nora, sei du mir nicht böse. Das ist das Schlimmste bei Verhältnissen wie den meinigen, dass sie so das Gemüt verbittern. Man hat für niemanden zu arbeiten, und doch muss man fortwährend tätig sein. Denn man muss doch leben, und so wird man Egoist. Als du mir von der glücklichen Veränderung in euren Verhältnissen erzähltest – wirst du mir's glauben, da freute ich mich nicht so sehr um deinet- wie um meinetwillen.

NORA. Wieso? Ach ja – ich verstehe dich. Du meinst, dass Torvald etwas für dich tun könnte.

FRAU LINDE. Ja, das dachte ich.

NORA. Das soll er auch, Christine. Überlass das nur mir; ich werd's schon so fein einfädeln, so fein – etwas recht Liebenswürdiges aushecken, um ihn herumzukriegen. Ach, ich möchte dir so furchtbar gern helfen.

FRAU LINDE. Wie schön von dir, Nora, dass du dich meiner Sache annimmst – doppelt schön von dir, weil du selbst die Last und Mühsal des Lebens so gar nicht kennst.

NORA. Ich – ? Ich kenne nicht – ?

FRAU LINDE *(lächelnd).* Du lieber Gott, das bisschen Handarbeit und dergleichen – . Du bist ein Kind, Nora.

NORA *(wirft den Kopf zurück und geht durchs Zimmer).* Das solltest du nicht mit solcher Überlegenheit sagen.

FRAU LINDE. So?

NORA. Du bist wie die andern. Alle glaubt ihr, dass ich zu etwas wirklich Ernstem nicht tauge –

FRAU LINDE. Nun, nun --

NORA. – dass ich nichts geleistet habe in diesem Leben.

FRAU LINDE. Liebe Nora, du hast mir ja eben all deine üblen Erfahrungen erzählt.

NORA. Ach was – die Bagatellen! – *(Leise:)* Das Große, das hab ich dir nicht erzählt.

FRAU LINDE. Das Große? Was meinst du damit?

NORA. Du unterschätzt mich durchaus, Christine; aber das solltest du nicht tun. Du bist stolz darauf, dass du so lange und so schwer für deine Mutter gearbeitet hast.

FRAU LINDE. Ich unterschätze gewiss niemanden. Aber eins ist wahr: Ich bin stolz und glücklich in dem Gedanken, dass es mir vergönnt gewesen ist, meiner Mutter die letzten Lebenstage einigermaßen sorgenfrei zu gestalten.

NORA. Und du bist auch stolz in dem Gedanken, was du für deine Brüder getan hast.

FRAU LINDE. Ich glaube ein Recht dazu zu haben.

NORA. Allerdings. Aber nun sollst du etwas erfahren, Christine. Auch ich hab was, das mich stolz und glücklich macht.

FRAU LINDE. Daran zweifle ich nicht. Doch wie meinst du das?

NORA. Sprich leise. Bedenke, wenn Torvald es hörte. Um keinen Preis der Welt darf er –; niemand darf es erfahren, außer dir niemand, Christine.

FRAU LINDE. Was ist's denn?

NORA. Komm her. *(Zieht sie neben sich auf das Sofa.)* Ja, du, ich hab auch etwas, das mich stolz und glücklich macht: ich hab Torvald das Leben gerettet.

FRAU LINDE. Du –? Wieso gerettet?

NORA. Ich habe dir doch von der Reise nach Italien erzählt. Wenn Torvald nicht dorthin gekommen wäre, so wäre er gestorben.

FRAU LINDE. Na ja, dein Vater hat euch ja die nötigen Mittel gegeben –

NORA *(lächelt).* Ja, das glaubt Torvald, und das glauben alle andern; aber –

FRAU LINDE. Aber?

NORA. Papa gab uns keinen Heller. Ich habe das Geld beschafft.

FRAU LINDE. Du? Die ganze große Summe?

NORA. Zwölfhundert Taler. Viertausendachthundert Kronen. Was sagst du nun?

FRAU LINDE. Ja aber, Nora, wie war dir das bloß möglich? Hattest du in der Lotterie gewonnen?

NORA *(verächtlich).* In der Lotterie? *(Geringschätzig:)* Was wäre denn das für eine Kunst gewesen?

FRAU LINDE. Wo hast du es denn herbekommen?

NORA *(trällert und lächelt geheimnisvoll).* Hm, tralalala!

FRAU LINDE. Borgen konntest du es dir doch nicht?

NORA. So –? Warum denn nicht?

FRAU LINDE. Nein, eine Frau kann ohne die Einwilligung ihres Gatten kein Darlehen aufnehmen.

NORA *(wirft den Kopf zurück).* So – ? Wenn es eine Frau ist, die einige Geschäftskenntnis hat –, eine Frau, die sich klug zu benehmen weiß –, dann –

FRAU LINDE. Aber, Nora, ich verstehe kein Wort –

NORA. Ist auch gar nicht nötig. Es ist ja gar nicht gesagt, dass ich mir das Geld geborgt habe. Ich kann es mir ja auf andere Weise verschafft haben. *(Wirft sich im Sofa zurück.)* Ich kann es ja von irgendeinem Verehrer bekommen haben. Wenn man leidlich hübsch aussieht, wie ich –

FRAU LINDE. Du bist eine Närrin.

NORA. Jetzt bist du gewiss grenzenlos neugierig, Christine.

FRAU LINDE. Hör mal, liebe Nora, – hast du auch keine Unbesonnenheit begangen?

NORA *(richtet sich wieder auf).* Ist es eine Unbesonnenheit, seinem Mann das Leben zu retten?

FRAU LINDE. Mich dünkt, es war eine Unbesonnenheit, dass du ohne sein Wissen –

NORA. Aber er durfte ja doch nichts wissen! Herrgott, kannst du denn das nicht begreifen? Er durfte nicht einmal wissen, wie schlimm es um ihn stand. Zu mir kamen die Ärzte und sagten, es sei Gefahr für sein Leben und nur ein Aufenthalt im Süden könne ihn retten. Meinst du denn, ich hätte nicht zunächst auf andere Weise versucht, aus der Verlegenheit zu kommen? Ich sprach mit ihm darüber, wie nett ich es finden würde, mal wie andere junge Frauen ins Ausland reisen zu können. Ich weinte und ich flehte; ich sagte ihm, er solle doch daran denken, in welchen Umständen ich mich befände, er solle doch gut sein und mir nachgeben, und dann schlug ich ihm vor, ein Darlehn aufzunehmen. Aber da wurde er beinahe böse, Christine. Er sagte, ich sei leichtsinnig, und es sei seine Pflicht als Ehemann, meinen Mucken und Launen – so nannte er es, glaub ich – nicht nachzugeben. Nun wohl, dacht' ich bei mir, gerettet musst du werden; und da verfiel ich auf diesen Ausweg –

FRAU LINDE. Hat dein Mann denn nicht von deinem Vater erfahren, dass das Geld nicht von ihm kam?

NORA. Nein, niemals. Papa starb gerade in jenen Tagen. Ich hatte vor, ihn in die Sache einzuweihen und ihn zu bitten, dass er nichts verrate. Weil er nun aber so krank darniederlag –. Leider war es nicht mehr nötig.

FRAU LINDE. Und später hast du dich deinem Mann nie anvertraut?

NORA. Nein, um Himmels willen, was fällt dir ein? Ihn, der in diesen Dingen so streng ist! Und außerdem – Torvald mit seinem männlichen Selbstgefühl – wie peinlich und demütigend wäre ihm das Bewusstsein, dass er mir etwas verdankt. Das würde unser gegenseitiges Verhältnis vollständig verändern. Unser schönes, glückliches Heim wäre nicht mehr, was es jetzt ist.

FRAU LINDE. Willst du's ihm niemals sagen?

NORA *(nachdenklich, mit halbem Lächeln).* Doch, vielleicht später einmal; – nach vielen Jahren, wenn ich nicht mehr so hübsch wie jetzt bin. Du darfst darüber nicht lachen. Ich meine ja nur: wenn Torvald sich nicht mehr so viel aus mir macht wie jetzt; wenn es ihm keine Freude mehr macht, dass ich ihm etwas vortanze und mich verkleide und deklamiere. Dann ist es vielleicht gut, etwas in der Reserve zu haben. – *(Abbrechend:)* Ach Unsinn, Unsinn, Unsinn! Die Zeit kommt nie. – Na, aber was sagst du zu meinem großen Geheimnis, Christine? Tauge ich nicht doch zu etwas? – Du darfst mir übrigens glauben, dass die Sache mir viel Kummer bereitet hat. Es ist mir wahrhaftig nicht leicht geworden, meinen Verpflichtungen immer zur rechten Zeit nachzukommen. Du musst nämlich wissen, im Geschäftsleben gibt es etwas, was man Quartalszinsen nennt, und noch etwas, was Abzahlung heißt; und die Gelder sind immer so entsetzlich schwer zu beschaffen. Da hab ich denn an allen Ecken und Enden sparen müssen, wo ich nur konnte, siehst du. Vom Wirtschaftsgeld konnte ich so gut wie nichts beiseitelegen, denn Torvald musste ja gut leben. Die Kinder konnte ich doch auch nicht in schlechter Kleidung herumlaufen lassen; was ich für sie bekam, dacht' ich, das müsse ich auch für sie verbrauchen. Die süßen Kleinen!

FRAU LINDE. Da mussten denn wohl deine eigenen Bedürfnisse herhalten, arme Nora?

NORA. Selbstverständlich! Mich ging die Sache ja vor allem an. Jedesmal, wenn Torvald mir Geld für neue Kleider und dergleichen gab, verwandte ich nie mehr als die Hälfte darauf; ich kaufte stets vom Billigsten und Einfachsten. Ein wahres Glück, dass mir alles so gut steht und Torvald also nichts merkte. Manchmal ist es mir aber recht schwer geworden, Christine, denn es ist doch herrlich, elegant gekleidet zu gehen. Nicht wahr?

FRAU LINDE. Ja. Natürlich.

NORA. Ja, und dann hatte ich auch noch andere Einnahmequellen. Im vorigen Winter hatt' ich das Glück, eine Menge Schreibarbeit zu bekommen. Da schloss ich mich ein und schrieb jeden Abend bis tief in die Nacht hinein. Ach, manches Mal war ich so müde, so müde. Aber es war trotzdem sehr unterhaltend, so zu arbeiten und Geld zu verdienen. Ich kam mir beinahe wie ein Mann vor.

FRAU LINDE. Wie viel hast du denn nun auf diese Weise abzahlen können?

NORA. Ja, das kann ich nicht so genau sagen. Weißt du, es ist sehr schwierig, sich in solchen Geschäften zurechtzufinden. Ich weiß bloß, dass ich bezahlt habe, was ich nur zusammenkratzen konnte. Gar manches Mal hab ich mir keinen Rat gewusst. *(Lächelt.)* Dann saß ich da und stellte mir vor, dass sich ein reicher, alter Herr in mich verliebt hätte –

FRAU LINDE. Wie? Was für ein Herr?

NORA. Ach Unsinn! – und dass er stürbe, und als man sein Testament öffnete, stand mit großen Buchstaben darin: „Alle meine Gelder sollen der liebenswürdigen Frau Nora Helmer sofort bar ausbezahlt werden."

FRAU LINDE. Aber, liebe Nora, – wer war der Herr?

NORA. Herrgott, begreifst du denn nicht? Der alte Herr existierte ja gar nicht; das hab ich mir ja nur vorfantasiert – immer und immer wieder, wenn ich nicht aus noch ein wusste, wie ich das Geld beschaffen sollte. Aber das ist nun alles vorbei; der alte langweilige Mensch mag bleiben, wo er ist; ich mache mir weder aus ihm noch aus seinem Testament was, denn jetzt hab ich keine Sorgen mehr. *(Springt auf.)* Ach Christine, es ist doch ein himmlischer Gedanke! Sorgenfrei! Sorgenfrei zu sein, ganz sorgenfrei; mit den Kindern spielen und sich tummeln zu können; es hübsch und nett im Hause zu haben, ganz so, wie Torvald es liebt! Und nun kommt bald der Frühling mit seinem weiten, blauen Himmel! Vielleicht können wir dann eine kleine Reise machen. Und ich darf vielleicht das Meer wieder sehen! Ach, ach! Wie wunderbar ist es, zu leben und glücklich zu sein!

*Man hört die Glocke im Vorzimmer.*

FRAU LINDE *(steht auf)*. Es klingelt; ich muss wohl aufbrechen.

NORA. Nein, bleib nur; zu mir kommt gewiss kein Besuch; es wird wohl jemand zu Torvald –

## VIERTER AUFTRITT

*Die Vorigen. Das Hausmädchen. Krogstad.*

HAUSMÄDCHEN *(in der Vorzimmertür).* Verzeihung, gnädige Frau; – da ist ein Herr –, der mit dem Herrn Rechtsanwalt –

NORA. – – dem Herrn Bankdirektor, meinst du wohl –

HAUSMÄDCHEN. Ja, mit dem Herrn Bankdirektor sprechen will; – ich wusste aber nicht recht –, weil doch der Herr Doktor drin ist –

NORA. Wer ist der Herr?

KROGSTAD *(in der Vorzimmertür).* Ich bin's, gnädige Frau.

*Frau Linde stutzt, fährt zusammen und wendet sich dem Fenster zu.*

NORA *(geht ihm einen Schritt entgegen, gespannt, mit halber Stimme).* Sie? Was soll das heißen? Über was haben Sie mit meinem Mann zu reden?

KROGSTAD. Über Bankangelegenheiten; – sozusagen. Ich hab einen kleinen Posten an der Aktienbank, und wie ich höre, wird Ihr Mann jetzt unser Chef –

NORA. Es sind also –

KROGSTAD. – nur trockene Geschäfte, gnädige Frau; absolut nichts andres.

NORA. Dann haben Sie bitte die Güte, ins Büro zu gehen. *(Grüßt gleichgültig, indem sie die Tür zum Vorzimmer schließt; darauf geht sie an den Ofen und sieht nach dem Feuer.)*

## FÜNFTER AUFTRITT

*Nora. Frau Linde.*

FRAU LINDE. Nora, – wer war der Mann?

NORA. Ein gewisser Krogstad.

FRAU LINDE. Er war es also wirklich!

NORA. Kennst du den Menschen?

FRAU LINDE. Ich habe ihn gekannt; es ist sehr lange her. Er war eine Zeit lang Vertreter des Rechtsanwalts in unserer Gegend.

NORA. Ja, das stimmt.

FRAU LINDE. Wie er sich verändert hat.

NORA. Er ist gewiss sehr unglücklich verheiratet gewesen.

FRAU LINDE. Jetzt ist er ja Witwer.

NORA. Mit vielen Kindern. – So – nun brennt das Feuer.

*Sie schließt die Ofentür und schiebt den Schaukelstuhl ein wenig beiseite.*

FRAU LINDE. Es heißt, er betreibe mancherlei Geschäfte?

NORA. So? Das kann schon sein! Ich weiß es wirklich nicht. – Aber lass uns nicht an Geschäfte denken. Das ist so langweilig.

## SECHSTER AUFTRITT

*Die Vorigen.*
*Doktor Rank kommt aus Helmers Zimmer.*

DOKTOR RANK *(noch in der Tür).* Nein, nein, lieber Freund, ich will nicht stören; ich gehe inzwischen ein bisschen zu deiner Frau hinein. *(Schließt die Tür hinter sich und bemerkt Frau Linde.)* Ach! – Ich bitte um Vergebung; hier stör ich am Ende auch?

NORA. Durchaus nicht. *(Stellt vor:)* Doktor Rank – Frau Linde.

RANK. Ah! Ein Name, der hier im Hause oft genannt wird. Ich glaube, ich ging auf der Treppe an Ihnen vorbei, als ich kam.

FRAU LINDE. Ja, ich steige Treppen sehr langsam; ich kann es nicht gut vertragen.

RANK. Aha! Ein kleiner innerer Schaden?

FRAU LINDE. Eigentlich mehr eine Überanstrengung.

RANK. Sonst nichts? Dann sind Sie wohl in die Stadt gekommen, um sich bei den vielen Fêten ein wenig zu erholen?

FRAU LINDE. Ich bin gekommen, um Arbeit zu suchen.

RANK. Ist Arbeit ein probates Mittel gegen Überanstrengung?

FRAU LINDE. Man muss leben, Herr Doktor.

RANK. Jawohl, es ist eine weit verbreitete Ansicht, dass das notwendig sei.

NORA. Na, na, Doktor, – Sie wollen doch auch gern leben.

RANK. Allerdings will ich das. Bin ich auch elend dran, so möchte ich doch, dass die Qual noch möglichst lange daure. Meinen Patienten geht es allen ebenso. Und mit den sittlich Angekränkelten ist's nicht anders. In diesem Augenblick ist gerade solch ein moralischer Lazarus bei Helmer drin —

FRAU LINDE *(mit gedämpfter Stimme).* Ah!

NORA. Wen meinen Sie?

RANK. Ach, es ist ein Winkeladvokat namens Krogstad, – Sie kennen den Menschen nicht. Bei dem sind die Wurzeln des Charakters faul, verehrte Frau. Aber selbst der begann davon zu schwätzen, wie von einer hochwichtigen Sache: dass er l e b e n müsse.

NORA. So? – Was hatte er denn mit Torvald zu reden?

RANK. Ich weiß wahrhaftig nicht; ich hörte nur, dass es die Aktienbank betraf.

NORA. Ich wusste nicht, dass Krog –, dass dieser Herr Krogstad etwas mit der Aktienbank zu schaffen hat.

RANK. O freilich, – er hat dort so eine Art Anstellung. *(Zu Frau Linde:)* Ich weiß nicht, ob Sie in Ihrer Gegend auch solche Leute haben, die atemlos umherrennen, um moralische Fäulnis aufzuspüren und dann die Betreffenden für irgendeine vorteilhafte Stellung in Vorschlag zu bringen. Die Gesunden können sich dann hübsch darein finden, das Nachsehen zu haben.

FRAU LINDE. Na, aber eigentlich haben doch auch die Kranken das größte Anrecht darauf, sichergestellt zu werden.

RANK *(zuckt die Achseln).* Na, da haben wir's. Gerade die Anschauung macht die menschliche Gesellschaft zu einem Krankenhaus.

*Nora, die in ihre eigenen Gedanken versunken war, bricht in ein halblautes Gelächter aus und klatscht in die Hände.*

RANK. Weshalb lachen Sie über so was? Wissen Sie denn überhaupt, was die Gesellschaft ist?

NORA. Was kümmert mich die dumme Gesellschaft?! Ich lache über ganz etwas andres –, etwas ungeheuer Komisches. – Sagen Sie mal, Doktor, – werden nun alle, die bei der Aktienbank angestellt sind, von Torvald abhängig?

RANK. Das finden Sie so ungeheuer komisch?

NORA *(lächelt und trällert).* Lassen Sie mich nur, lassen Sie mich nur! *(Spaziert im Zimmer auf und ab.)* Ach, der Gedanke, dass wir – dass Torvald so großen Einfluss auf so viele Menschen hat, ist wirklich über alle Maßen ergötzlich. *(Zieht die Tüte aus der Tasche.)* Doktor, ein Makrönchen gefällig?

RANK. Ei sieh mal, Makronen. Ich glaubte, das sei hier verboten.

NORA. Ja gewiss, – aber die hat mir Christine geschenkt.

FRAU LINDE. Wie? – Ich –?

NORA. Na, na, na; erschrick nur nicht. Du konntest ja nicht wissen, dass Torvald das verboten hat. Du musst nämlich wissen, er hat Angst, dass ich schlechte Zähne davon kriege. Ach was! Einmal ist keinmal! – Nicht wahr, Doktor? Hier, bitte! *(Steckt ihm eine Makrone in den Mund.)* Und du auch, Christine. Und ich kriege auch eine; nur eine ganz kleine – oder höchstens zwei. *(Geht wieder umher.)* Jetzt bin ich wirklich über alle Maßen glücklich. Nun gibt es nur noch eins auf der Welt, wozu ich riesige Lust hätte.

RANK. Nun, und das wäre?

NORA. Ich möchte so schrecklich gern etwas sagen, und Torvald müsste es hören.
RANK. Und warum sagen Sie es denn nicht?
NORA. Nein, ich darf nicht; es ist gar so hässlich.
FRAU LINDE. Hässlich?
RANK. Dann ist es wohl nicht ratsam. Aber zu uns können Sie doch –. Nun, was möchten Sie denn so gern sagen, dass Torvald es hörte?
NORA. Ich möchte so riesig gern sagen: Himmelkreuzdonnerwetter!
RANK. Sind Sie nicht bei Trost?
FRAU LINDE. Aber, Nora – !
RANK. Sagen Sie's doch. Da ist er.
NORA *(versteckt die Makronentüte).* Pst! Pst! Pst!

*Helmer kommt, den Überzieher über dem Arm und den Hut in der Hand, aus seinem Zimmer.*

## SIEBENTER AUFTRITT

*Die Vorigen. Helmer.*

NORA *(geht ihm entgegen).* Na, liebster Torvald, bist du ihn los?
HELMER. Ja, er ist weg.
NORA. Darf ich dich vorstellen – : das ist Christine; sie ist heute angekommen.
HELMER. Christine – ? Entschuldigen Sie, aber ich weiß nicht –
NORA. Frau Linde, guter Torvald, – Frau Christine Linde.
HELMER. Ah so. Vermutlich eine Jugendfreundin meiner Frau?
FRAU LINDE. Ja, wir kennen uns von früher.
NORA. Und denk nur, sie hat die weite Reise gemacht, um mit dir zu sprechen.
HELMER. Wieso – ?
FRAU LINDE. Das gerade nicht –
NORA. Christine ist nämlich außerordentlich geschickt in Büroarbeiten. Und nun möchte sie so furchtbar gern unter die Leitung eines tüchtigen Mannes kommen und noch mehr lernen, als sie schon kann.
HELMER. Sehr vernünftig, Frau Linde.
NORA. Und als sie nun hörte, dass du Bankdirektor geworden bist – der Telegraph hatte es verkündet –, ist sie so schnell wie möglich hergereist und –. Nicht wahr, Torvald, mir zuliebe kannst du schon etwas für Christine tun? Ja?

HELMER. Nun, das wäre gar nicht so unmöglich. Sie sind Witwe?

FRAU LINDE. Ja.

HELMER. Und haben Sie Übung in Kontorarbeiten?

FRAU LINDE. Ja, so ziemlich.

HELMER. Nun, dann kann ich Ihnen sehr wahrscheinlich eine Anstellung verschaffen –

NORA *(klatscht in die Hände).* Siehst du wohl, siehst du wohl?

HELMER. Sie haben gerade einen günstigen Augenblick getroffen, Frau Linde.

FRAU LINDE. Wie soll ich Ihnen danken?

HELMER. Ist durchaus nicht nötig. *(Zieht den Überzieher an.)* Für heute müssen Sie mich aber entschuldigen –

RANK. Warte, ich geh mit. *(Holt seinen Pelz aus dem Vorzimmer und wärmt ihn am Ofen.)*

NORA. Bleib nicht zu lange aus, lieber Torvald.

HELMER. Nur ein Stündchen, länger nicht.

NORA. Gehst du auch, Christine?

FRAU LINDE *(zieht ihren Mantel an).* Ja, ich muss nun weg und mich nach einem Zimmer umsehen.

HELMER. Dann können wir vielleicht zusammen die Straße hinuntergehen.

NORA *(hilft ihr).* Wie dumm, dass wir so beschränkt wohnen; es ist uns unmöglich, dir –

FRAU LINDE. Wo denkst du hin! Adieu, liebe Nora, und Dank für alles.

NORA. Auf Wiedersehen! Heut Abend kommst du selbstverständlich. Und Sie auch, Doktor. Nicht? Wenn Ihnen wohl genug ist? Natürlich ist Ihnen wohl genug. Packen Sie sich nur recht gut ein.

*Im allgemeinen Gespräch gehen sie in das Vorzimmer; auf der Treppe hört man Kinderstimmen.*

NORA. Da sind sie, da sind sie! *Sie läuft hin und öffnet.*

*Anne-Marie kommt mit den Kindern.*

## ACHTER AUFTRITT

*Die Vorigen. Anne-Marie. Die Kinder.*

NORA. Herein, nur herein! *(Beugt sich nieder und küsst sie.)* Ihr süßen, einzigen – ! Sieh sie an, Christine! Sind sie nicht reizend?

RANK. Keine Unterhaltung hier in der Zugluft.

HELMER. Kommen Sie, Frau Linde. Nun ist's hier nicht mehr auszuhalten für Leute, die keine Mütter sind!

*Rank, Helmer und Frau Linde gehen die Treppe hinunter, die Kinderfrau geht mit den Kindern ins Zimmer. Nora ebenfalls, indem sie die Tür zum Vorzimmer schließt.*

## NEUNTER AUFTRITT

*Nora. Anne-Marie. Die Kinder.*

NORA. Wie frisch und fröhlich ihr ausseht. Und die roten Backen, die ihr mitbringt. Wie Äpfel und Rosen. *(Die Kinder sprechen während des Folgenden durcheinander mit ihr.)* Habt ihr schön gespielt? Das ist ja herrlich. Ach – du hast Emmy und Bob auf dem Schlitten gefahren? – Du bist ein fixer Kerl, Ivar. Gib sie mir ein bisschen, Anne-Marie. Meine süße kleine Puppe! *(Nimmt der Kinderfrau das Kleinste ab und tanzt mit ihm.)* Nur still! Mama tanzt gleich auch mit Bob. Was? Ihr habt Schneebälle geworfen? Ach, da hätte ich mit dabei sein mögen! Lass nur, ich will sie selbst ausziehen, Anne-Marie. Lass mich doch; ich tu's so gerne. Geh so lange ins Kinderzimmer. Du siehst so verfroren aus. In der Röhre steht heißer Kaffee für dich.

*Die Kinderfrau geht in das Zimmer zur Linken. Nora nimmt den Kindern die Mäntel und Hüte ab und wirft alles umher; inzwischen reden sie durcheinander.*

NORA. Ach so! Ein großer Hund ist euch nachgelaufen? Aber gebissen hat er euch nicht? Nein, Hunde beißen kleine Kinder nicht. Nicht in die Pakete gucken, Ivar! Was das ist? Ja, wenn ihr das wüsstet! Ach nein, nein, da ist etwas Hässliches drin. So? Spielen möchtet ihr? Was wollen wir spielen? Verstecken. Ja. Spielen wir Verstecken. Bob soll sich zuerst verstecken. Ich? Na ja, dann verstecke ich mich zuerst.

*Sie und die Kinder spielen unter Jubel und Lachen im Zimmer und in dem anstoßenden Raum zur Rechten. Zuletzt versteckt Nora sich unter dem Tisch. Die Kinder stürmen herein, suchen, können sie aber nicht finden. Dann hören sie ihr unterdrücktes Lachen, stürzen an den Tisch, heben die Decke auf und sehen sie. Stürmischer Jubel. Sie kriecht hervor, als wolle sie sie schrecken. Neuer Jubel. Inzwischen hat es an der Eingangstür geklopft; niemand hat es beachtet. Jetzt wird die Tür halb geöffnet, und Krog-*

*stad wird sichtbar. Er wartet ein wenig; das Spiel nimmt seinen Fortgang.*

## ZEHNTER AUFTRITT

*Nora. Die Kinder. Krogstad.*

KROGSTAD. Entschuldigen Sie, Frau Helmer –

NORA *(mit einem unterdrückten Schrei, dreht sich um und springt halb in die Höhe).* Ah! Was wollen Sie?

KROGSTAD. Entschuldigen Sie; – die Treppentür war nur angelehnt; es muss jemand vergessen haben sie zu schließen –

NORA *(steht auf).* Mein Mann ist nicht zu Hause, Herr Krogstad.

KROGSTAD. Das weiß ich.

NORA. So – was wollen Sie denn hier?

KROGSTAD. Ein Wort mit Ihnen reden.

NORA. Mit – *(leise zu den Kindern:)* Geht hinein zu Anne-Marie. Wie? Nein, der fremde Herr will Mama nichts zuleide tun. Wenn er fort ist, spielen wir weiter. (*Sie führt die Kinder in das Zimmer links und schließt die Tür hinter ihnen.)*

NORA *(unruhig, gespannt).* Mit mir wollen Sie sprechen?

KROGSTAD. Allerdings.

NORA. Heut – aber es ist doch noch nicht der Erste?

KROGSTAD. Nein, heut ist Heiligabend. Von Ihnen selbst wird es abhängen, welche Bescherung Sie haben werden!

NORA. Was wollen Sie? Heut kann ich absolut nicht –

KROGSTAD. Davon reden wir vorläufig nicht. Es handelt sich um etwas andres. Sie haben doch einen Augenblick Zeit?

NORA. O ja, gewiss, Zeit hab ich wohl, obgleich –

KROGSTAD. Gut. Ich saß im Restaurant Olsen und sah Ihren Mann über die Straße gehen –

NORA. Allerdings.

KROGSTAD. – mit einer Dame.

NORA. Und was weiter?

KROGSTAD. Darf ich mir die Frage erlauben: War die Dame eine gewisse Frau Linde?

NORA. Jawohl.

KROGSTAD. Sie ist noch nicht lange hier?

NORA. Seit heute.

KROGSTAD. Sie ist wohl eine Freundin von Ihnen?

NORA. Ja, das ist sie; aber ich verstehe nicht – –

KROGSTAD. Ich war auch einmal mit ihr bekannt.

NORA. Das weiß ich.

KROGSTAD. So? Sie wissen also von der Sache? Dacht' es mir wohl. Darf ich Sie also kurz und bündig fragen: Wird Frau Linde bei der Aktienbank angestellt werden?

NORA. Herr Krogstad, wie können Sie sich erlauben, mich auszuforschen?! Sie, ein Untergebener meines Mannes? Aber da Sie einmal fragen, so sollen Sie es auch wissen: Jawohl, Frau Linde wird angestellt werden. Und ich selbst habe mich ihrer Sache angenommen, Herr Krogstad. Nun wissen Sie Bescheid.

KROGSTAD. Meine Vermutung traf also zu.

NORA *(geht im Zimmer auf und ab)*. Mein Gott, man hat doch auch sein bisschen Einfluss! Weil man eine Frau ist, so ist damit noch lange nicht gesagt, dass –. Wenn man eine untergeordnete Stellung einnimmt, Herr Krogstad, so sollte man sich wirklich hüten, einen vor den Kopf zu stoßen, der – hm –

KROGSTAD. – der Einfluss hat?

NORA. Allerdings!

KROGSTAD *(mit verändertem Ton)*. Frau Helmer, wollen Sie die Güte haben, Ihren Einfluss zu meinen Gunsten geltend zu machen?

NORA. Wie? Was meinen Sie damit?

KROGSTAD. Wollen Sie gütigst dafür sorgen, dass ich meine untergeordnete Stellung bei der Bank behalte?

NORA. Was heißt das? Wer will Ihnen denn Ihre Stellung nehmen?

KROGSTAD. Ach, mir gegenüber brauchen Sie nicht die Ahnungslose zu spielen. Es leuchtet mir sehr wohl ein, dass es Ihrer Freundin nicht angenehm sein kann, sich einem Zusammentreffen mit mir auszusetzen, und ich begreife jetzt auch, wem ich's zu danken habe, dass man mich wegjagen will.

NORA. Aber ich versichere Ihnen –

KROGSTAD. Ja, ja, ja, – kurz und gut: noch ist es Zeit, und ich rate Ihnen, Ihren Einfluss aufzubieten, um das zu verhindern.

NORA. Aber, Herr Krogstad, ich habe gar keinen Einfluss.

KROGSTAD. Nicht? Ich glaubte doch eben aus Ihrem eigenen Munde zu hören –

NORA. Das war natürlich nicht so zu verstehen. Ich! Wie können Sie nur glauben, dass ich einen solchen Einfluss auf meinen Mann habe?!

KROGSTAD. Ach, ich kenne Ihren Mann noch aus der Studentenzeit. Ich halte den Herrn Bankdirektor für nicht fester als andere Ehemänner.

NORA. Wenn Sie mit Geringschätzung von meinem Mann reden, so weise ich Ihnen die Tür.

KROGSTAD. Sie sind mutig, gnädige Frau.

NORA. Ich habe vor Ihnen keine Angst mehr. Bald nach Neujahr werde ich aus der ganzen Geschichte heraus sein.

KROGSTAD *(beherrscht sich wieder).* Hören Sie mich jetzt an, gnädige Frau. Im Notfall werde ich um meinen kleinen Posten auf Tod und Leben kämpfen.

NORA. Es sieht in der Tat so aus.

KROGSTAD. Nicht wegen des Einkommens allein! Darum ist mir am wenigsten zu tun. Es handelt sich um etwas andres. – Nun ja, – ich muss heraus mit der Sprache! Sehen Sie, – es ist Folgendes. Ihnen ist's gewiss so wie aller Welt bekannt, dass ich mir vor etlichen Jahren habe eine Unbesonnenheit zuschulden kommen lassen.

NORA. Ich glaube, so etwas gehört zu haben.

KROGSTAD. Die Sache kam nicht vor Gericht. Aber von dem Augenblick an waren mir mit einem Male alle Wege versperrt. Nun warf ich mich auf die Geschäfte, die Sie ja kennen. Irgendetwas musste ich doch beginnen, und ich darf wohl sagen, ich war keiner von den Schlimmsten. Jetzt aber muss ich der ganzen Sache ein Ende machen. Meine Söhne wachsen heran; um ihretwillen muss ich versuchen, mir so viel bürgerliche Achtung wie möglich wiederzuerringen. Der Posten bei der Bank war sozusagen die erste Stufe dazu. Und nun will Ihr Gatte mich mit einem Fußtritt von der Treppe wieder in die Gosse hinunterstoßen.

NORA. Um Gottes willen, Herr Krogstad, es liegt absolut nicht in meiner Macht, Ihnen zu helfen.

KROGSTAD. Weil Sie nicht den guten Willen haben. Ich habe aber die Mittel, Sie zu zwingen.

NORA. Sie wollen meinem Mann doch wohl nicht sagen, dass ich Ihnen Geld schulde?

KROGSTAD. Hm – und wenn ich es ihm nun sagte?

NORA. Das wäre schändlich von Ihnen. *(Den Tränen nahe.)* Dieses Geheimnis, das meine Freude und mein Stolz ist –, er sollte es auf so hässliche und plumpe Art erfahren? Von I h n e n es erfahren? Sie würden mich den schrecklichsten Unannehmlichkeiten aussetzen –

KROGSTAD. Bloß Unannehmlichkeiten?

NORA *(heftig).* Aber tun Sie's nur! Sie selbst werden den größten Schaden davon haben; dann wird mein Mann erst sehen, was für ein schlechter Mensch Sie sind. Und Sie werden Ihren Posten erst recht nicht behalten!

KROGSTAD. Ich fragte, ob Sie nur häusliche Unannehmlichkeiten befürchten?

NORA. Erfährt mein Mann davon, so wird er die Restsumme natürlich sofort bezahlen. Und dann haben wir nichts mehr mit Ihnen zu schaffen.

KROGSTAD *(tritt einen Schritt näher).* Hören Sie, Frau Helmer, entweder haben Sie ein schwaches Gedächtnis, oder Sie verstehen absolut nichts von Geschäften. Ich muss Ihnen die Sache wohl etwas gründlicher auseinandersetzen.

NORA. Wie das?

KROGSTAD. Als Ihr Mann krank war, kamen Sie zu mir, um zwölfhundert Taler zu leihen.

NORA. Ich wusste sonst niemanden.

KROGSTAD. Ich versprach, Ihnen das Geld zu verschaffen –

NORA. Und Sie verschafften es mir auch.

KROGSTAD. Ich versprach, Ihnen die Summe unter gewissen Bedingungen zu verschaffen. Meines Wissens waren Sie damals von der Krankheit Ihres Mannes so in Anspruch genommen und so eifrig darauf aus, das Reisegeld zu bekommen, dass Sie für alle Nebenumstände gar keine Gedanken hatten. Es ist daher sehr angebracht, Sie daran zu erinnern. – Nun denn, – ich versprach, Ihnen das Geld gegen einen Schuldschein zu verschaffen, den ich aufsetzte.

NORA. Und den ich unterschrieb.

KROGSTAD. Gut. Aber dem fügte ich unten noch einige Zeilen hinzu, worin Ihr Vater die Bürgschaft für die Schuld übernahm. Diese Zeilen sollte Ihr Vater unterschreiben.

NORA. Sollte – ? Er hat ja unterschrieben.

KROGSTAD. Ich hatte das Datum in blanco gelassen; das heißt, Ihr Vater selbst sollte den Tag angeben, an dem er das Papier unterschriebe. Erinnern Sie sich, gnädige Frau?

NORA. Ich glaube wohl –

KROGSTAD. Darauf übergab ich Ihnen den Schuldschein, damit Sie ihn per Post an Ihren Vater schickten. War dem nicht so?

NORA. Ja.

KROGSTAD. Und das taten Sie natürlich auch sofort, denn bereits nach fünf oder sechs Tagen brachten Sie mir das Papier mit Ihres Vaters Unterschrift zurück. Darauf bekamen Sie den Betrag ausgezahlt.

NORA. Nun ja. Habe ich denn nicht prompt abbezahlt?

KROGSTAD. So ziemlich. Aber – um auf das zurückzukommen, wovon wir sprachen – das war damals wohl eine schwere Zeit für Sie, gnädige Frau.

NORA. Wahrhaftig, ja.

KROGSTAD. Ihr Vater lag, glaube ich, sehr krank darnieder?

NORA. Er lag im Sterben.

KROGSTAD. Und er starb kurz darauf?

NORA. Ja.

KROGSTAD. Sagen Sie mir, Frau Helmer, wissen Sie zufällig noch den Todestag Ihres Vaters? Das Datum, mein ich?

NORA. Papa starb am 29. September.

KROGSTAD. Ganz richtig. Ich habe mich danach erkundigt. Und deshalb kann ich mir einen sonderbaren Umstand – *(zieht ein Papier hervor)* – ganz und gar nicht erklären.

NORA. Was für einen sonderbaren Umstand? Ich weiß nicht –

KROGSTAD. Den sonderbaren Umstand, gnädige Frau, dass Ihr Vater diesen Schuldschein drei Tage nach seinem Tode unterschrieben hat.

NORA. Wie? Ich begreife nicht –

KROGSTAD. Ihr Vater starb am 29. September. Nun sehen Sie her, – hier datiert die Unterschrift Ihres Vaters vom 2. Oktober. Ist das nicht sonderbar, gnädige Frau?

NORA *(schweigt).*

KROGSTAD. Können Sie mir das erklären?

NORA *(schweigt noch immer).*

KROGSTAD. Auffallend ist auch, dass die Worte „2. Oktober" und die Jahreszahl nicht die Handschrift Ihres Vaters zeigen, vielmehr eine Handschrift, die mir bekannt vorkommt. Nun, das lässt sich ja erklären. Ihr Vater kann vergessen haben, seine Unterschrift zu datieren, und dann mag irgendein anderer das Datum aufs Geratewohl hingesetzt haben, bevor man noch von dem Todesfall wusste. Dabei ist auch nichts Schlimmes. Auf die Namensunterschrift kommt es an, und d i e ist doch echt, Frau Helmer? Ihr Vater hat doch in eigener Person seinen Namen hier hingeschrieben?

NORA *(nach kurzer Pause, – wirft den Kopf zurück und sieht ihn trotzig an).* Nein, dem ist nicht so; ich habe Papas Namen geschrieben.

KROGSTAD. Ei, gnädige Frau – wissen Sie auch, dass das ein gefährliches Geständnis ist?

NORA. Weshalb? Sie werden Ihr Geld bald bekommen.

KROGSTAD. Erlauben Sie mir eine Frage – weshalb schickten Sie Ihrem Vater nicht den Schuldschein?

NORA. Es war unmöglich. Papa war todkrank. Wenn ich ihn um seine Unterschrift gebeten hätte, so hätte ich ihm auch sagen müssen, zu welchem Zwecke ich das Geld brauchte. Aber so einem Schwerkranken konnte ich doch nicht sagen, dass meines Mannes Leben in Gefahr sei! Das war ganz unmöglich.

KROGSTAD. Dann wäre es besser für Sie gewesen, Sie hätten die Reise aufgegeben.

NORA. Das war unmöglich. Die Reise sollte meinem Manne das Leben retten, – die konnt' ich nicht aufgeben.

KROGSTAD. Aber bedachten Sie denn nicht, dass Sie mich damit betrogen?

NORA. Darauf konnte ich gar keine Rücksicht nehmen. Sie gingen mich absolut nichts an. Ich konnte Sie nicht ausstehen, weil Sie so herzlos waren und so viele Schwierigkeiten machten, obgleich Sie wussten, wie gefährlich es um meinen Mann stand.

KROGSTAD. Frau Helmer, wessen Sie sich eigentlich schuldig gemacht haben, davon haben Sie offenbar keine klare Vorstellung. Aber ich kann Ihnen sagen: Das, was ich einst begangen habe und was meine ganze bürgerliche Stellung untergraben hat, ist nichts Größeres und nichts Schlimmeres gewesen.

NORA. Sie? Sie wollen mir einreden, dass Sie etwas Mutiges unternommen hätten, um Ihrer Frau das Leben zu retten?

KROGSTAD. Die Gesetze fragen nicht nach Beweggründen.

NORA. Dann müssen das sehr schlechte Gesetze sein.

KROGSTAD. Schlecht oder nicht, – wenn ich dies Stück Papier dem Gericht vorlege, so werden Sie nach den Gesetzen verurteilt.

NORA. Das glaub ich nun und nimmermehr! Eine Tochter sollte nicht das Recht haben, ihrem alten, todkranken Vater Angst und Kummer zu ersparen? Eine Frau sollte nicht das Recht haben, ihrem Mann das Leben zu retten? Ich kenne die Gesetze nicht so genau, aber ich bin überzeugt, irgendwo muss darin stehen, dass so etwas erlaubt ist. Und darüber wissen Sie nicht Bescheid, Sie, ein Anwalt? Sie müssen ein schlechter Jurist sein, Herr Krogstad.

KROGSTAD. Mag sein. Aber nicht wahr, auf Geschäfte, – auf solche Geschäfte, wie wir sie miteinander haben, auf die versteh ich mich doch wohl? Gut. Tun Sie jetzt, was Ihnen beliebt. Aber das sage ich Ihnen: Werde ich zum zweiten Male ausgestoßen, so sollen Sie mir Gesellschaft leisten. *(Er grüßt und geht durchs Vorzimmer ab.)*

## ELFTER AUFTRITT

*Nora. Dann die Kinder.*

NORA *(eine Weile nachdenklich, wirft dann den Kopf in den Nacken).* Ach was! Er will mir Angst machen. So einfältig bin ich denn doch nicht. *(Fängt an, die Mäntel der Kinder zusammenzulegen, hält bald damit inne.)* Aber – ? – – Nein, nein, aber das ist ja unmöglich! Ich hab es doch aus Liebe getan.

DIE KINDER *(links in der Tür).* Mama, eben ging der fremde Herr aus dem Haus.

NORA. Ja, ja, ich weiß. Aber sagt keinem etwas von dem fremden Herrn. Hört ihr? Auch nicht Papa.

DIE KINDER. Nein, Mama. Willst du jetzt wieder mit uns spielen?

NORA. Nein, nein, jetzt nicht.

DIE KINDER. Aber, Mama, du hast es doch versprochen!

NORA. Ja, aber ich kann jetzt nicht! Geht hinein, ich hab zu viel zu tun. Hinein, hinein mit euch, meine süßen Kinder. *(Sie nötigt sie liebevoll in das anstoßende Zimmer, schließt die Tür hinter ihnen.)*

## ZWÖLFTER AUFTRITT

*Nora. Hausmädchen.*

NORA *(setzt sich aufs Sofa; sie nimmt eine Stickerei und macht einige Stiche, hält jedoch bald wieder inne).* Nein! *(Wirft die Stickerei hin, steht auf, geht an die Vorzimmertür und ruft hinaus:)* Helene! Den Tannenbaum! *(Geht links an den Tisch und öffnet die Schublade, hält wieder inne.)* Nein, – aber das ist ja ganz unmöglich!

HAUSMÄDCHEN *(mit dem Tannenbaum).* Wo soll er hin, gnädige Frau?

NORA. Dorthin, mitten ins Zimmer.

HAUSMÄDCHEN. Soll ich sonst noch was bringen?

NORA. Nein, danke, ich habe alles, was ich brauche. *(Das Mädchen hat den Baum hingestellt und geht wieder hinaus. Nora beginnt, den Baum zu putzen.)* Hier kommen Lichter hin, – und da Blumen. Der abscheuliche Mensch! Unsinn! Unsinn! Unsinn! Es ist alles in Ordnung. – Der Weihnachtsbaum soll schön werden. Alles will ich tun, was dir Freude macht, Torvald; – ich will singen, will tanzen –

## DREIZEHNTER AUFTRITT

*Nora. Helmer.*

*Helmer kommt, einen Stoß Schriftstücke unterm Arm, von draußen.*

NORA. Ah! Kommst du schon wieder?

HELMER. Ja. Ist jemand hier gewesen?

NORA. Hier? Nein.

HELMER. Sonderbar! Ich sah Krogstad das Haus verlassen.

NORA. So–? Ach richtig, Krogstad – der war einen Augenblick hier.

HELMER. Nora, ich seh's dir an: er ist hier gewesen und hat dich gebeten, ein gutes Wort für ihn einzulegen.

NORA. Ja.

HELMER. Und das solltest du wie aus eigenem Antrieb tun. Du solltest mir verschweigen, dass er hier gewesen. Hat er dich nicht auch darum gebeten?

NORA. Ja, Torvald; aber –

HELMER. Nora, Nora, und darauf konntest du dich einlassen? Mit einem solchen Menschen eine Unterhaltung führen und ihm noch Versprechungen machen? Und mir obendrein eine Unwahrheit sagen!

NORA. Eine Unwahrheit –?

HELMER. Sagtest du nicht, dass niemand hier gewesen ist? *(Droht mit dem Finger.)* Das darf mein Singvögelchen nie wieder tun. Ein Singvogel darf nur mit reinem Schnäbelchen zwitschern, – keine falschen Töne! *(Fasst sie um die Taille.)* Muss es nicht so sein? Ja – ich wusst' es wohl. *(Lässt sie los.)* Und nun nichts mehr davon. *(Setzt sich vor den Ofen.)* Ah, wie warm und gemütlich es hier ist. *(Blättert in den Papieren.)*

NORA *(mit dem Tannenbaum beschäftigt, nach kurzer Pause).* Torvald!

HELMER. Ja?!

NORA. Ich freue mich riesig auf den Kostümball übermorgen bei Stenborgs.

HELMER. Und ich bin riesig neugierig, womit du mich überraschen wirst.

NORA. Ach, es ist zu dumm!

HELMER. Was?

NORA. Mir fällt gar nichts Ordentliches ein; es ist alles so albern, so nichtssagend.

HELMER. Ist Norachen zu d e r Erkenntnis gekommen?

NORA *(hinter seinem Stuhl, die Arme auf der Stuhllehne).* Hast du sehr viel zu tun, Torvald?

HELMER. Ach –

NORA. Was sind das für Papiere?

HELMER. Bankangelegenheiten.

NORA. Schon?

HELMER. Ich habe mir von der abtretenden Direktion Vollmacht geben lassen, die nötigen Veränderungen im Personal und im Geschäftsplan vornehmen zu dürfen. Dazu muss ich die Weihnachtswoche benutzen. Ich will bis Neujahr alles in Ordnung haben.

NORA. Deshalb also war der arme Krogstad –

HELMER. Hm – –

NORA *(lehnt sich noch immer auf die Stuhllehne, kraut ihn langsam im Nackenhaar).* Wenn du nicht so viel zu tun hättest, so würde ich dich um einen s e h r großen Gefallen bitten, Torvald.

HELMER. Lass hören. Was sollte das sein?

NORA. Keiner hat ja einen so feinen Geschmack wie du. Nun möcht ich gern recht hübsch aussehen auf dem Kostümball. Torvald, kannst du mir nicht helfen und bestimmen, als was ich gehen und wie mein Kostüm gemacht sein soll?

HELMER. Aha, der kleine Eigensinn ist auf der Suche nach einem rettenden Engel?

NORA. Ja, Torvald, ohne deine Hilfe bring ich's nicht fertig.

HELMER. Na schön; ich werde mir die Sache überlegen; wir werden schon was ausfindig machen.

NORA. Ach, das ist lieb von dir. *(Geht wieder an den Weihnachtsbaum; Pause.)* Wie hübsch die roten Blumen sich machen. – Sag, ist das wirklich so schlimm, was dieser Krogstad verbrochen hat?

HELMER. Er hat Unterschriften gefälscht. Hast du einen Begriff davon, was das heißt?

NORA. Kann er's nicht aus Not getan haben?

HELMER. Ja, oder – wie so mancher andere – aus Leichtsinn. Ich bin nicht so herzlos, dass ich einen Menschen um einer solchen vereinzelten Handlung willen unbedingt verurteilen würde.

NORA. Nein, – nicht wahr, Torvald?

HELMER. Manch einer kann sich moralisch wieder aufrichten, wenn er sein Vergehen offen bekennt und seine Strafe abbüßt.

NORA. Strafe –?

HELMER. Den Weg jedoch betrat Krogstad nicht. Mit Kniffen und Schlichen schwindelte er sich durch; und eben das hat ihn moralisch ruiniert.

NORA. Glaubst du, dass –?

HELMER. Nun denke dir, wie solch ein schuldbewusster Mensch nach allen Seiten hin lügen und heucheln und sich verstellen muss; wie er vor seinen Nächsten, ja selbst vor seiner eigenen Frau und vor seinen eigenen Kindern eine Maske tragen muss. Vor den Kindern, Nora, das ist gerade das Entsetzlichste.

NORA. Weshalb?

HELMER. Weil ein solcher Dunstkreis von Lüge in die ganze Familie Ansteckungs- und Krankheitsstoff bringt. Jeder Atemzug, den die Kinder in einem solchen Hause tun, ist erfüllt von Keimen irgendeiner bösen Tat.

NORA *(näher hinter ihm)*. Bist du dessen sicher?

HELMER. Liebste, das hab ich als Advokat oft genug erfahren. Fast alle früh verdorbenen Menschen haben lügenhafte Mütter gehabt.

NORA. Warum gerade – Mütter –?

HELMER. Am häufigsten kommt es von der Mutter her. Aber vom Vater kann es sich natürlich ebenso vererben. Das weiß jeder Jurist. Und doch ist dieser Krogstad Jahre hindurch imstande gewesen, seine eigenen Kinder durch Lüge und Verstellung zu vergiften; und d e s h a l b nenne ich ihn moralisch verkommen. *(Streckt ihr die Hände entgegen.)* Darum muss meine kleine Nora mir versprechen, nicht seine Partei zu ergreifen. Hand darauf? So. Abgemacht. Ich versichere dir, es wäre mir unmöglich, mit ihm zusammenzuarbeiten. Mich überkommt in der Nähe solcher Menschen buchstäblich ein körperliches Unbehagen.

NORA *(entzieht ihm ihre Hand und geht an die andere Seite des Tannenbaums hinüber)*. Wie heiß es hier ist. Und ich hab so viel zu tun.

HELMER *(steht auf und nimmt seine Papiere zusammen)*. Ich muss auch unter allen Umständen noch vor Tisch hiervon einiges erledigen. Und auch an dein Kostüm muss ich denken. Vielleicht habe ich sogar etwas auf Lager, das man in Goldpapier an den Weihnachtsbaum hängen könnte. *(Legt die Hand auf ihren Kopf.)* Oh, du mein geliebtes Singvögelchen! *(Er geht in sein Zimmer und schließt die Tür hinter sich.)*

## VIERZEHNTER AUFTRITT

*Nora. Dann Anne-Marie.*

NORA *(leise, nach kurzer Pause).* Ach was! Es kann nicht sein. Es ist unmöglich. Es muss unmöglich sein.

KINDERFRAU *(links in der Tür).* Die Kleinen bitten so schön, zur Mama hereinzudürfen.

NORA. Nein, nein, nein! Nicht zu mir herein! Bleib du bei ihnen, Anne-Marie.

KINDERFRAU. Gut, gnädige Frau. *(Schließt die Tür.)*

NORA *(bleich vor Schrecken).* Ich meine Kinder verderben – ! Unser Heim vergiften? *(Kurze Pause; hebt den Kopf.)* Das ist nicht wahr. Das ist in alle Ewigkeit nicht wahr!

## ZWEITER AKT

*Dasselbe Zimmer. Oben in der Ecke beim Klavier steht der Weihnachtsbaum, geplündert, zerzaust und mit herabgebrannten Lichtern; Noras Hut und Mantel liegen auf dem Sofa.*

### ERSTER AUFTRITT

*Nora.*

*Nora ist allein im Zimmer, sie geht unruhig auf und ab; schließlich bleibt sie am Sofa stehen und nimmt ihren Mantel.*

NORA *(lässt den Mantel wieder zurückfallen).* Da ist jemand! *(Geht an die Tür, lauscht.)* Nein, – niemand. Selbstverständlich – heute am ersten Weihnachtsfeiertag kommt niemand, – und morgen auch nicht. – Aber vielleicht – *(Öffnet die Tür und sieht hinaus.)* Nein, nichts im Briefkasten. Ganz leer. *(Geht durchs Zimmer.)* Ach Unsinn! Er macht ja nicht Ernst! So etwas kann doch nicht geschehen. Es ist unmöglich. Ich hab ja drei kleine Kinder.

### ZWEITER AUFTRITT

*Nora. Anne-Marie.*

*Die Kinderfrau kommt mit einer großen Pappschachtel aus dem Zimmer links.*

KINDERFRAU. Endlich hab ich die Schachtel mit dem Maskenkostüm gefunden.

NORA. Schön. Stell sie auf den Tisch.

KINDERFRAU. Es ist aber arg in Unordnung.

NORA. Wenn ich es nur in hunderttausend Stücke zerreißen könnte!

KINDERFRAU. Aber nein! Man kann es sehr gut wieder herrichten; nur ein bisschen Geduld!

NORA. Ja, ich will hin und Frau Linde holen, dass sie mir hilft.

KINDERFRAU. Schon wieder aus? In dem hässlichen Wetter; Frau Nora – Sie werden sich erkälten – krank werden.

NORA. Das wär noch nicht das Schlimmste. – Was machen die Kinder?

KINDERFRAU. Die armen Würmchen spielen mit ihren Weihnachtsgeschenken. Aber –

NORA. Fragen sie oft nach mir?

KINDERFRAU. Sie sind ja so daran gewöhnt, immer um ihre Mama zu sein.

NORA. Liebe Anne-Marie, in Zukunft kann ich mich nicht mehr so viel mit ihnen beschäftigen wie bisher.

KINDERFRAU. Nun, kleine Kinder gewöhnen sich ja an alles.

NORA. Glaubst du? – Meinst du, sie würden ihre Mama vergessen, wenn ich ganz wegginge?

KINDERFRAU. Behüte –, ganz weg!

NORA. Sag mir, Anne-Marie –, ich habe so oft darüber nachgedacht, – wie hast du's übers Herz bringen können, dein Kind zu fremden Leuten zu geben?

KINDERFRAU. Aber das musst' ich ja, wenn ich die Amme der kleinen Nora werden wollte!

NORA. Dass du das aber wolltest –?

KINDERFRAU. Wenn ich doch eine so gute Stelle bekommen konnte. Ein armes Mädchen, das in solch ein Unglück geraten ist, muss doch noch froh sein. Denn der schlechte Kerl hat ja nichts für mich getan.

NORA. Aber deine Tochter hat dich doch gewiss vergessen?

KINDERFRAU. Ach nein, das hat sie nicht. Sie hat mir geschrieben, als sie konfirmiert wurde, und auch, als sie sich verheiratete.

NORA *(umarmt sie).* Liebe alte Anne-Marie! Du bist mir eine so gute Mutter gewesen, als ich klein war!

KINDERFRAU. Die arme kleine Nora hatte ja keine andere Mutter als mich.

NORA. Und wenn meine Kleinen nun keine andere mehr hätten, – so weiß ich wohl, dass du auch ihnen – –. Unsinn, Unsinn, Unsinn! *(Öffnet die Pappschachtel.)* Geh hinein zu ihnen. Ich muss jetzt – du sollst sehen, wie schön ich mich morgen mache.

KINDERFRAU. Auf dem ganzen Ball wird gewiss keine so schön sein wie Frau Nora. *(Links ab.)*

NORA *(beginnt die Schachtel auszupacken, wirft das Ganze aber bald wieder hin).* Dürft ich nur ausgehen! Wenn nur niemand kommt. Wenn hier zu Hause inzwischen nur nichts passiert. Ach Unsinn! Wer soll denn kommen?! Nur nicht daran denken. Jetzt wird der Muff abgebürstet. Schöne Handschuhe. Schöne Handschuhe. Nimm's leicht! Nimm's leicht! Eins – zwei – drei – vier – fünf – sechs – *(Schreit auf:)* Da kommt – *(Will nach der Tür, bleibt unentschlossen stehen.)*

## DRITTER AUFTRITT

*Nora. Frau Linde.*
*Frau Linde kommt aus dem Vorzimmer, wo sie Hut und Mantel abgelegt hat.*

NORA. Ah, du bist's, Christine. Sonst ist wohl niemand draußen? – Wie gut, dass du da bist.

FRAU LINDE. Ich hörte, du warst bei mir und hast nach mir gefragt.

NORA. Ja, ich ging gerade vorüber. Du musst mir helfen. Setzen wir uns aufs Sofa. Also höre! Morgen ist oben beim Konsul Stenborg ein Kostümball, und da will Torvald, dass ich als neapolitanisches Fischermädchen gehe und die Tarantella tanze; die hab ich auf Capri gelernt.

FRAU LINDE. Sieh mal an, du wirst also eine richtige Vorstellung geben?

NORA. Ja. Torvald meint, ich sollte es. Sieh, da ist das Kostüm. Torvald hat es mir in Italien machen lassen; aber jetzt ist alles so zerrissen, dass ich nicht weiß –

FRAU LINDE. Das wollen wir schon wieder in Ordnung bringen; der Besatz ist ja nur losgegangen an einigen Stellen. Hast du Nadel und Faden? So, – da ist ja alles, was wir brauchen.

NORA. Wie lieb das von dir ist.

FRAU LINDE *(näht).* Also morgen wirst du das Kostüm tragen? Weißt du was, Nora – dann komme ich auf einen Augenblick her, um dich in deinem Staat zu sehen. Aber ich habe ja ganz vergessen, dir für den gemütlichen Abend gestern zu danken.

NORA *(steht auf und geht im Zimmer auf und ab).* Ach, gestern fand ich es hier nicht so gemütlich wie sonst. – Du hättest früher in die Stadt kommen sollen, Christine. – Torvald versteht wirklich, es nett und gemütlich zu machen.

FRAU LINDE. Und du nicht minder, sollt ich meinen. Umsonst bist du doch nicht die Tochter deines Vaters. Aber sag mir, ist der Herr Doktor Rank immer so verstimmt wie gestern?

NORA. Nein, – gestern war es sehr auffallend. Übrigens hat er eine sehr gefährliche Krankheit. Der Ärmste hat die Rückenmarkschwindsucht. Sein Vater war ein ganz widerwärtiger Mensch, musst du wissen, der sich Weiber hielt, und so weiter –; und daher, verstehst du wohl, war der Sohn schon krank von Kindheit an.

FRAU LINDE *(lässt die Näharbeit in den Schoß fallen).* Aber liebste, beste Nora, woher weißt du solche Sachen?

NORA *(spaziert hin und her).* Oh, – wenn man drei Kinder hat, so bekommt man zuweilen Besuch von – Frauen, die in der Heilkunde bewandert sind; und die erzählen einem dies und das.

FRAU LINDE *(näht wieder; kurze Pause).* Kommt Doktor Rank täglich zu euch ins Haus?

NORA. Jeden lieben Tag. Er ist ja Torvalds bester Jugendfreund. Und mein guter Freund ist er auch. Der Doktor gehört sozusagen zur Familie.

FRAU LINDE. Aber sag mir mal: ist der Mann ganz aufrichtig? Ich meine, sagt er den Leuten nicht gern Komplimente?

NORA. Ganz im Gegenteil. Wie kommst du darauf?

FRAU LINDE. Als du mich ihm gestern vorstelltest, versicherte er, dass er meinen Namen hier im Hause oft gehört habe. Doch später merkte ich, dass dein Mann keine Ahnung hatte, wer ich eigentlich sei. Wie konnte denn Herr Rank –?

NORA. Ja, das ist ganz richtig, Christine. Torvald liebt mich so sehr, dass er mich ganz allein für sich haben möchte, wie er sagt. In der ersten Zeit wurde er fast eifersüchtig, wenn ich meine Lieben zu Hause auch nur erwähnte. Da unterließ ich es natürlich. Aber mit dem Doktor spreche ich oft von all dem; denn siehst du, er hört das gern.

FRAU LINDE. Hör mal, Nora, in vielen Dingen bist du noch ein Kind. Ich bin ja manches Jahr älter als du und habe etwas mehr Erfahrung. Ich will dir etwas sagen: Du solltest der Geschichte mit Doktor Rank ein Ende machen.

NORA. Ein Ende machen – mit welcher Geschichte?

FRAU LINDE. Na, überhaupt, mein ich. Gestern plappertest du von einem reichen Anbeter, der dir Geld verschaffen sollte –

NORA. Ja, von einem, der gar nicht existiert – leider. Was weiter?

FRAU LINDE. Hat der Doktor Rank Vermögen?

NORA. O ja.

FRAU LINDE. Und niemand, für den er zu sorgen hat?

NORA. Niemand. Aber –?

FRAU LINDE. Und er kommt täglich zu euch ins Haus?

NORA. Du hörst es ja.

FRAU LINDE. Wie kann dieser feine Mann nur so zudringlich sein?

NORA. Wahrhaftig, ich verstehe dich nicht.

FRAU LINDE. Verstell dich nicht, Nora. Glaubst du etwa,

ich erriete nicht, von wem du die zwölfhundert Taler geborgt hast?

NORA. Bist du nicht bei Trost? Wie kannst du so etwas glauben? Ein Freund unsres Hauses, der uns täglich besucht! – Welch eine fürchterlich peinliche Lage wäre das!

FRAU LINDE. Also er ist es wirklich nicht?

NORA. Nein, das kann ich dir versichern. Auch nicht einen Augenblick ist mir der Gedanke gekommen –. Damals hatte er auch noch gar kein Geld zum Verleihen; er hat erst später geerbt.

FRAU LINDE. Nun, ich glaube, das war ein Glück für dich, meine liebe Nora.

NORA. Nein; den Doktor zu bitten, – das konnte mir doch nie im Leben einfallen –. Übrigens bin ich fest überzeugt, wenn ich ihn bäte, so –

FRAU LINDE. Das wirst du natürlich nicht tun.

NORA. Natürlich nicht. Ich kann nicht glauben, kann mir nicht denken, dass es nötig würde. Aber ich bin ganz sicher: Wenn ich mit dem Doktor spräche, so –

FRAU LINDE. Hinter deines Mannes Rücken?

NORA. Ich muss heraus aus der andern Geschichte, – das geschieht auch hinter seinem Rücken. Ich muss heraus aus dieser Geschichte.

FRAU LINDE. Ja, ja, das sagte ich gestern schon; aber –

NORA *(geht auf und ab).* Ein Mann kann dergleichen viel besser regeln als eine Frau –

FRAU LINDE. Der eigene Mann, allerdings.

NORA. Unsinn! *(Bleibt plötzlich stehen.)* Wenn man alles bezahlt, was man schuldig ist, so bekommt man doch seinen Schuldschein zurück?

FRAU LINDE. Selbstverständlich.

NORA. – und darf ihn in hunderttausend Stücke reißen und darf ihn verbrennen, – das ekelhafte, dreckige Papier!

FRAU LINDE *(sieht sie fest an, legt das Nähzeug hin und steht langsam auf).* Nora, du verheimlichst mir etwas.

NORA. Kannst du mir das ansehen?

FRAU LINDE. Seit gestern Morgen ist dir irgendetwas passiert. Nora, was ist es?

NORA *(tritt zu ihr).* Christine! *(Horcht.)* Still! Da kommt Torvald nach Haus. Da – geh inzwischen zu den Kindern hinein. Torvald kann die Schneiderei nicht leiden. Lass dir von Anne-Marie helfen.

FRAU LINDE *(sucht einen Teil der Sachen zusammen).* Ja, –

doch ich gehe nicht weg von hier, bevor wir nicht offen miteinander geredet haben.

*Sie geht links ab; in demselben Augenblick tritt Helmer vom Vorzimmer herein.*

## VIERTER AUFTRITT

*Nora. Helmer.*

NORA *(geht ihm entgegen).* Ach, wie hab ich dich erwartet, Torvald.

HELMER. War das die Schneiderin?

NORA. Nein, – es war Christine; sie hilft mir mein Kostüm aufarbeiten. Warte nur ab, wie hübsch ich aussehen werde.

HELMER. War das nicht ein glücklicher Einfall von mir?

NORA. Ein prächtiger Einfall! Doch es ist auch nett von mir, dass ich dir den Gefallen tue!

HELMER *(fasst sie unters Kinn).* Nett, – weil du deinem Manne den Gefallen tust? Na, na, du kleiner Trotzkopf, ich weiß schon, du hast es nicht so gemeint. Aber ich will dich nicht stören; du wirst vermutlich anprobieren müssen.

NORA. Und du musst wohl arbeiten?

HELMER. Ja. *(Zeigt ihr einen Stoß Papiere.)* Sieh mal her, ich war in der Bank. *(Will in sein Zimmer gehen.)*

NORA. Torvald!

HELMER *(bleibt stehen).* Nun?

NORA. Wenn dein Eichkätzchen dich nun so recht zärtlich um etwas bäte –?

HELMER. Nun?

NORA. Würdest du es dann tun?

HELMER. Zuerst muss ich doch wissen, um was es sich handelt.

NORA. Das Eichkätzchen würde umherspringen und Kapriolen machen, wenn du lieb und nachgiebig wärst.

HELMER. Also heraus damit!

NORA. Die Lerche würde mal laut, mal leise durch alle Zimmer zwitschern –

HELMER. Ach was, das tut meine Lerche auch so.

NORA. Ich würde wie die Elfen im Mondschein vor dir tanzen, Torvald.

HELMER. Nora – es handelt sich doch wohl nicht um das, worauf du heut Morgen schon anspieltest?

NORA *(dringender).* Ja, Torvald, – ich bitte dich so herzlich!

HELMER. Du hast wirklich den Mut, noch einmal auf die Sache zurückzukommen?

NORA. Ja, ja, du musst mir den Gefallen tun. Du musst Krogstad seinen Posten an der Bank lassen.

HELMER. Meine liebe Nora, seine Stelle hab ich für Frau Linde bestimmt.

NORA. Das ist unendlich gut von dir. Aber du brauchst ja nur einen andern an Krogstads Stelle zu entlassen.

HELMER. Das ist mir doch ein unglaublicher Eigensinn! Weil du das leichtsinnige Versprechen gegeben hast, ein gutes Wort für ihn einzulegen, sollte ich –!

NORA. Nicht deshalb, Torvald. Um deiner selbst willen. Dieser Mensch schreibt ja für die schmutzigsten Zeitungen; du selber hast mir das gesagt. Er kann dir ungeheuer schaden. Ich hätte eine tödliche Angst vor ihm – –

HELMER. Aha, ich verstehe, – alte Erinnerungen schrecken dich.

NORA. Wie meinst du das?

HELMER. Du denkst natürlich an deinen Vater!

NORA. Ja, ja. Erinnere dich nur, wie boshaft die Leute über Papa in den Zeitungen geschrieben haben und wie schändlich sie ihn verleumdeten. Ich glaube, sie hätten es dahin gebracht, dass man ihn absetzte, wenn die Regierung dich nicht hingeschickt hätte, um die Sache zu untersuchen, und wenn du ihn nicht so wohlwollend und nachsichtig behandelt hättest.

HELMER. Meine kleine Nora, zwischen deinem Vater und mir ist ein bedeutender Unterschied. Dein Vater war als Beamter nicht unantastbar. Doch ich bin es. Und ich hoffe es auch zu bleiben, solange ich in meiner Stellung bin.

NORA. Oh, man kann niemals wissen, worauf böse Menschen verfallen. Jetzt könnten wir so ruhig und so glücklich in unserm friedlichen, sorgenfreien Heim leben, – du und ich und die Kinder, Torvald! Deshalb bitte ich dich –

HELMER. Und gerade durch deine Fürbitte machst du es mir unmöglich, ihn zu behalten. Es ist in der Bank bereits bekannt geworden, dass ich Krogstad kündigen will. Wenn es nun hieße, dass der neue Direktor sich von seiner Frau habe umstimmen lassen –

NORA. Nun, was dann –?

HELMER. Na natürlich, – wenn mein kleiner Dickkopf nur seinen Willen bekommt –. Lächerlich würde ich mich machen, vor dem ganzen Personal, – würde die Leute auf den Gedanken bringen, dass ich von allen möglichen fremden Einflüssen abhängig sei. Glaub nur, ich würde die Folgen bald zu spüren bekommen! Und außerdem, – es gibt noch einen Umstand, der Krogstad ganz unmöglich bei der Bank macht, solange ich Direktor bin.

NORA. Und der wäre?

HELMER. Seine moralischen Mängel hätte ich im Notfall noch übersehen können –

NORA. Ja, nicht wahr, Torvald?

HELMER. Ich höre auch, dass er ganz brauchbar sein soll. Aber er ist ein Jugendbekannter von mir. Es ist eine jener übereilten Bekanntschaften, die einen später im Leben so oft genieren. Ich kann es dir ja gestehen: wir duzen uns. Und dieser taktlose Mensch macht durchaus kein Hehl daraus, wenn andere zugegen sind. Im Gegenteil, – er glaubt, dass ihn das zu einem familiären Ton mir gegenüber berechtige; und so spielt er jeden Augenblick seinen Trumpf aus, mit seinem: Du, du Helmer. Ich versichere dir, das berührt mich im höchsten Grade peinlich. Es würde mir meine Stellung bei der Bank unerträglich machen.

NORA. Torvald, das alles kann nicht dein Ernst sein.

HELMER. So? Weshalb nicht?

NORA. Weil es nur kleinliche Rücksichten sind.

HELMER. Was sagst du da? Kleinliche Rücksichten? Du hältst mich für kleinlich?

NORA. Im Gegenteil, lieber Torvald. Und gerade deshalb –

HELMER. Gleichviel; du nennst meine Beweggründe kleinlich; dann muss ich wohl auch kleinlich sein. Kleinlich! Sieh mal an! Na wahrhaftig, dem soll ein Ende gemacht werden. (*Geht an die Tür des Vorzimmers und ruft:*) Helene!

NORA. Was willst du?

HELMER (*sucht zwischen den Papieren*). Schluss will ich machen! (*Das Hausmädchen tritt ein.*)

## FÜNFTER AUFTRITT

*Die Vorigen. Helene.*

HELMER. Da, nehmen Sie den Brief und gehen Sie gleich damit hinunter. Lassen Sie ihn durch einen Dienstmann besorgen. Aber schnell! Die Adresse steht drauf. Da ist Geld.

HAUSMÄDCHEN. Gut.

*Mit dem Brief ab.*

## SECHSTER AUFTRITT

*Nora. Helmer.*

HELMER *(legt die Papiere zusammen).* So, mein kleiner Trotzkopf.

NORA *(atemlos).* Torvald, was war das für ein Brief?

HELMER. Krogstads Kündigung.

NORA. Nimm's zurück, Torvald! Noch ist es Zeit. Ach, Torvald, nimm's zurück, tu's mir zuliebe; – dir zuliebe, den Kindern zuliebe! Hörst du, Torvald, tu es. Du weißt nicht, was diese Kündigung über uns alle bringen kann.

HELMER. Zu spät.

NORA. Ja, – zu spät.

HELMER. Liebe Nora, ich verzeih dir diese Angst, obgleich sie eigentlich eine Beleidigung für mich ist. Ja, das ist sie! Oder ist es vielleicht keine Beleidigung, wenn du glaubst, dass ich die Rache eines verkommenen Winkelschreibers zu fürchten hätte? Aber ich verzeihe dir trotzdem, weil du mir damit ein so schönes Zeugnis deiner großen Liebe gibst. *(Schließt sie in seine Arme.)* Es muss nun einmal sein, meine heiß geliebte Nora. Mag da geschehen, was will. Glaub mir, wenn's drauf ankommt, hab ich Mut und Kraft. Du sollst sehen, ich bin der Mann, der alles auf sich nimmt.

NORA *(schreckensstarr).* Was meinst du damit?

HELMER. Alles, sag ich dir.

NORA *(gefasst).* Das sollst du nie und nimmer.

HELMER. Gut; dann teilen wir, Nora – als Mann und Frau. Es ist, wie es sein soll. *(Liebkost sie.)* Bist du jetzt zufrieden? So – so – so –; nicht diese erschrockenen Taubenaugen. Das alles ist ja nichts andres als leere Einbildung. – Du solltest jetzt die Tarantella noch einmal durchspielen und dich auf dem Tamburin üben. Ich setze mich in das zweite Büro und schließe die Mitteltür, dann höre ich nichts; du kannst so viel Lärm machen, wie du willst. *(Dreht sich in der Tür um.)* Und wenn Rank kommt, so sag ihm, wo ich zu finden bin. *(Er nickt ihr zu, geht mit seinen Papieren in sein Zimmer und schließt die Tür hinter sich.)*

## SIEBENTER AUFTRITT

*Nora. Danach Rank. Später Helene.*

NORA *(verwirrt vor Angst, steht wie festgewurzelt und flüstert).* Er wär imstande, es zu tun. Er tut es. Er tut es, der ganzen Welt zum Trotz. – Nein, – das nicht – in alle Ewigkeit nicht! Rettung – ! Ein Ausweg – *(Es klingelt im Vorzimmer.)* Der Doktor! – Alles, nur das nicht! Alles andere eher, – was es auch sei!

*Sie streicht sich über das Gesicht, sucht sich zu fassen und öffnet die Tür zum Vorzimmer. Draußen steht Doktor Rank und hängt seinen Pelz an den Haken. Während des Folgenden beginnt es zu dunkeln.*

NORA. Guten Tag, Doktor. Ich hab Sie am Klingeln erkannt. Aber gehen Sie noch nicht zu Torvald hinein; ich glaube, er ist beschäftigt.

RANK. Und Sie?

NORA *(indem er ins Zimmer tritt und sie die Tür hinter ihm schließt).* Oh, Sie wissen ganz gut – für Sie habe ich immer etwas Zeit übrig.

RANK. Ich danke Ihnen. Ich werde davon Gebrauch machen, solange ich noch kann.

NORA. Was wollen Sie damit sagen? Solange Sie können?

RANK. Ja; erschreckt Sie das?

NORA. Es ist ein so wunderlicher Ausdruck. Wird irgendetwas geschehen?

RANK. Es wird das geschehen, worauf ich lange vorbereitet bin. Ich glaubte nun allerdings nicht, dass es so bald kommen würde.

NORA *(fasst seinen Arm).* Über was haben Sie Gewissheit erlangt? Doktor, Sie müssen es mir sagen.

RANK *(setzt sich neben den Ofen).* Es geht bergab mit mir. Daran ist nichts zu ändern.

NORA *(atmet erleichtert auf).* Sie reden von s i c h –

RANK. Von wem sonst? Wozu soll man sich selbst belügen? Ich bin der elendeste von allen meinen Patienten, Frau Helmer. In den letzten Tagen habe ich eine Generaluntersuchung vorgenommen. Bankrott! Noch einen Monat, und ich liege gewiss schon auf dem Kirchhof und modere.

NORA. Pfui, wie hässlich Sie reden.

RANK. Die Geschichte ist auch verflucht hässlich. Doch das Schlimmste ist, dass so viel andres Hässliches vorausgehen wird. Ich habe nur noch eine einzige Untersuchung vorzunehmen; wenn ich damit fertig bin, weiß ich ungefähr, wann die

Auflösung beginnt. Ich möchte Ihnen etwas sagen. Helmer, mit seiner feinen Natur, hegt einen so ausgeprägten Widerwillen gegen alles, was hässlich ist. Ich will ihn nicht in meinem Krankenzimmer haben –

NORA. Aber, Doktor –

RANK. Ich will ihn nicht da haben. Unter keiner Bedingung, ich verschließe ihm meine Tür. – Sobald ich volle Gewissheit über das Schlimmste habe, schick ich Ihnen meine Visitenkarte mit einem schwarzen Kreuz drauf, und dann wissen Sie, dass die Auflösung begonnen hat.

NORA. Nein, heut sind Sie aber wirklich abgeschmackt. Und ich hätte Sie doch so gern in guter Laune gesehen!

RANK. Mit dem Tod im Herzen? – Büßen zu müssen für die Schuld eines andern! Ist darin Gerechtigkeit? Doch über jeder Familie hängt in irgendeiner Form solch eine unerbittliche Vergeltung –

NORA *(hält sich die Ohren zu).* Unsinn! Lustig, lustig!

RANK. Ja, die ganze Geschichte ist eigentlich auch nur zum Lachen. Mein armes unschuldiges Rückgrat muss für das lustige Leutnantsleben meines Vaters büßen.

NORA *(links am Tisch).* Er soll ja auf Spargel und Gänseleberpastete so erpicht gewesen sein. War's nicht so?

RANK. Ja, auch auf Trüffeln.

NORA. Auch auf Trüffeln. Und auf Austern auch, wenn ich nicht irre.

RANK. Auf Austern, selbstverständlich auch auf Austern.

NORA. Und dazu der Portwein und der Champagner. Es ist traurig, dass all diese leckern Sachen sich auf die Knochen schlagen.

RANK. Zumal wenn sie sich auf die unglücklichen Knochen schlagen, die nicht das Mindeste davon gehabt haben.

NORA. Freilich, das ist das Allertraurigste.

RANK *(sieht sie forschend an).* Hm – – –

NORA *(gleich darauf).* Weshalb lächelten Sie?

RANK. Sie lachten ja.

NORA. Nein, Doktor, Sie lächelten!

RANK *(steht auf).* Sie sind doch ein größerer Schelm, als ich dachte.

NORA. Ich bin heut so aufgelegt zu Schelmenstreichen.

RANK. Scheint mir auch so.

NORA *(legt beide Hände auf seine Schultern).* Lieber, lieber Doktor, Sie dürfen Torvald und mir nicht wegsterben!

RANK. Oh, den Kummer würden Sie leicht verwinden. Die Abgeschiedenen werden schnell vergessen.

NORA *(sieht ihn ängstlich an).* Glauben Sie das?

RANK. Man knüpft neue Verbindungen, und dann –

NORA. Wer knüpft neue Verbindungen?

RANK. Das werden Sie beide tun, wenn ich weg bin. Es scheint mir, Sie sind schon auf dem besten Wege dazu. Was sollte hier gestern Abend diese Frau Linde?

NORA. Aha – Sie sind wohl gar eifersüchtig auf die arme Christine?

RANK. Gewiss bin ich das. Sie wird hier im Hause meine Nachfolgerin sein. Wenn ich abgetan bin, wird diese Frau vielleicht –

NORA. Pst – sprechen Sie nicht so laut. Sie ist da drin.

RANK. Heute schon wieder? Sehen Sie wohl!

NORA. Nur, um mein Kostüm zu nähen. Herrgott, wie abgeschmackt Sie sind. *(Setzt sich aufs Sofa.)* Seien Sie gut, Doktor. Morgen werden Sie auch sehen, wie hübsch ich tanze. Und dann müssen Sie sich vorstellen, dass ich es nur für Sie tue, – natürlich für Torvald auch – versteht sich. *(Nimmt verschiedene Gegenstände aus dem Karton.)* Doktor, kommen Sie, setzen Sie sich, – ich will Ihnen was zeigen.

RANK *(setzt sich).* Was denn?

NORA. Schauen Sie mal her.

RANK. Seidene Strümpfe.

NORA. Fleischfarbene. Sind die nicht wunderschön? Jetzt ist's hier so dunkel. Aber morgen – nein, nein, nein, Sie dürfen nur das Fußblatt sehen. Na, Sie können meinetwegen auch den oberen Teil sehen.

RANK. Hm – –

NORA. Weshalb sehen Sie so kritisch drein? Glauben Sie vielleicht, dass sie nicht passen?

RANK. Darüber kann ich unmöglich eine begründete Ansicht haben.

NORA *(sieht ihn einen Augenblick an).* Pfui, schämen Sie sich! *(Schlägt ihn mit den Strümpfen leicht ums Ohr.)* So, da haben Sie was dafür! *(Packt sie wieder ein.)*

RANK. Was krieg ich noch sonst für Herrlichkeiten zu sehen?

NORA. Gar nichts kriegen Sie mehr zu sehen, denn Sie sind ungezogen. *(Trällert leise und kramt zwischen den Sachen.)*

RANK *(nach kurzer Pause).* Wenn ich hier so in aller Vertraulichkeit mit Ihnen sitze, begreif ich nicht – nein, ich fass es nicht, was aus mir geworden wäre, wenn ich Ihr Haus nie betreten hätte.

NORA *(lächelt).* Im Grunde fühlen Sie sich, mein ich, auch ganz behaglich bei uns.

RANK *(leiser, sieht vor sich hin).* Und das alles nun verlassen zu müssen –

NORA. Unsinn! Sie sollen uns nicht verlassen!

RANK *(wie zuvor).* – und nicht einmal ein armseliges Zeichen des Dankes hinterlassen zu können; kaum ein flüchtiges Vermissen – nur einen leeren Platz, den der erste Beste ausfüllen kann.

NORA. Und wenn ich Sie nun bäte, um – ? Nein –

RANK. Um was?

NORA. Um einen großen Beweis Ihrer Freundschaft –

RANK. Ja, ja!

NORA. Nein, ich meine – um einen riesig großen Dienst –

RANK. Also wollen Sie mich doch wenigstens ein einziges Mal glücklich machen?

NORA. Ach, Sie wissen ja noch gar nicht, um was es sich handelt.

RANK. Schön, so sagen Sie's.

NORA. Ich kann nicht, Doktor; es ist etwas so unerhört Großes – Rat – und Beistand und ein Dienst –

RANK. Je mehr, desto besser. Ich kann mir zwar nicht denken, was Sie meinen. Aber so sprechen Sie doch. Hab ich denn nicht Ihr Vertrauen?

NORA. Mehr als irgendein anderer. Sie sind mein treuester und bester Freund, das weiß ich wohl. Deshalb will ich's Ihnen auch sagen. Also hören Sie: Sie müssen mir helfen, etwas zu verhindern. Sie wissen, wie warm, wie unbeschreiblich innig Torvald mich liebt; er würde sich nicht einen Augenblick bedenken, sein Leben für mich hinzugeben.

RANK *(beugt sich zu ihr).* Nora – glauben Sie denn, er sei der Einzige, der –?

NORA *(zuckt leicht zusammen).* Der –?

RANK. – der sein Leben freudig für Sie hingeben würde?

NORA *(traurig).* Ja so.

RANK. Ich hatte mir geschworen, Sie sollten es vor meinem Ende erfahren. Eine bessere Gelegenheit würde sich nie wieder finden. – Ja, Nora, nun wissen Sie es. Und nun wissen Sie also auch, dass Sie mir vertrauen können wie keinem andern.

NORA *(steht auf, ruhig und einfach).* Lassen Sie mich durch.

RANK *(macht ihr Platz, bleibt aber sitzen).* Nora –

NORA *(in der Tür zum Vorzimmer).* Helene, die Lampe. *(Geht an den Ofen.)* Ach, lieber Doktor, das war wirklich abscheulich von Ihnen.

RANK *(steht auf).* Dass ich Sie ebenso innig geliebt habe wie ein andrer? War das abscheulich?

NORA. Nein, aber dass Sie es mir sagen. Es war ja gar nicht nötig –

RANK. Was soll das heißen? Haben Sie denn gewusst –? *(Das Hausmädchen kommt mit der Lampe, stellt sie auf den Tisch und geht wieder hinaus.)* Nora, – Frau Helmer – ich frage Sie, haben Sie etwas gewusst?

NORA. Ach, was weiß ich, ob ich's gewusst habe oder nicht! Ich kann es Ihnen wirklich nicht sagen –. Dass Sie nur so ungeschickt sein konnten, Doktor! Es war doch alles so schön!

RANK. Na, wenigstens haben Sie nun die Gewissheit, dass ich Ihnen mit Leib und Seele ergeben bin. Reden Sie jetzt.

NORA *(sieht ihn an)*. Jetzt noch?

RANK. Bitte, – darf ich erfahren, um was es sich handelt?

NORA. Nichts sollen Sie jetzt erfahren.

RANK. Doch, doch! So dürfen Sie mich nicht strafen. Verlangen Sie von mir, was in der Macht eines Menschen steht!

NORA. Ich kann jetzt nichts mehr von Ihnen verlangen. – Übrigens werde ich wohl keiner Hilfe bedürfen. Sie sollen sehen, es ist alles nur Einbildung. Ganz gewiss. Natürlich! *(Setzt sich in den Schaukelstuhl, sieht ihn an und lacht.)* Sie sind mir wirklich ein netter Herr, mein lieber Doktor! Nun schämen Sie sich wohl, wo die Lampe da ist?

RANK. Nein, eigentlich nicht! Aber ich soll wohl gehen, – für immer?

NORA. Nein, das dürfen Sie nicht! Sie kommen selbstverständlich nach wie vor zu uns. Sie wissen ja, dass Torvald Sie nicht entbehren kann.

RANK. Und Sie?

NORA. Oh, – ich finde, es wird immer erst recht unterhaltend hier, wenn Sie kommen.

RANK. Das gerade hat mich auf eine falsche Fährte gelockt. Sie sind mir ein Rätsel. Oftmals war es mir, als ob Sie ebenso gern mit mir zusammen wären wie mit Helmer.

NORA. Ja, sehen Sie, es gibt Menschen, die man über alles liebt, und Menschen, mit denen man am liebsten zusammen ist.

RANK. O ja, daran ist etwas.

NORA. Als ich noch zu Hause war, liebte ich natürlich Papa über alles. Doch fand ich es immer außerordentlich amüsant, wenn ich mich zu den Dienstboten hinunterstehlen konnte; denn die bevormundeten mich nie, und dann erzählten sie sich immer so vergnügliche Dinge.

RANK. Aha, die hab ich also abgelöst!

NORA *(springt auf und geht zu ihm)*. Liebster, bester Doktor, so hab ich das ja doch nicht gemeint. Aber sehen Sie, mit Torvald ist es geradeso wie mit Papa –

*Das Hausmädchen kommt aus dem Vorzimmer.*

HAUSMÄDCHEN. Gnädige Frau! *(Flüstert etwas; reicht ihr eine Karte.)*

NORA *(wirft einen Blick auf die Karte).* Ah! *(Steckt sie in die Tasche.)*

RANK. Etwas Unangenehmes?

NORA. Nein, nein, durchaus nicht; nur – mein neues Kostüm –

RANK. Wie? Das liegt ja da.

NORA. Ach ja! Das! Aber es handelt sich um ein anderes; ich hab es bestellt, – Torvald darf nichts davon wissen.

RANK. Aha, das also ist das große Geheimnis!

NORA. Ja. Gehen Sie nur zu ihm hinein; er ist im mittleren Zimmer; halten Sie ihn so lange auf –

RANK. Seien Sie unbesorgt; er soll mir nicht heraus. *(Er geht in Helmers Zimmer.)*

NORA *(zum Mädchen).* Und er steht in der Küche und wartet?

HAUSMÄDCHEN. Ja, er ist die Hintertreppe heraufgekommen –

NORA. Aber hast du ihm denn nicht gesagt, dass niemand zu Hause ist?

HAUSMÄDCHEN. Ja, aber es half nichts.

NORA. Wollt' er nicht wieder gehen?

HAUSMÄDCHEN. Nicht eher, als bis er mit der gnädigen Frau gesprochen habe.

NORA. So lass ihn herein, aber leise. Du darfst niemandem etwas davon sagen, Helene; es ist eine Überraschung für meinen Mann.

HAUSMÄDCHEN. Ja, ja, ich verstehe schon – *(Ab.)*

NORA. Das Entsetzliche geschieht. Es kommt trotz alledem. Nein, nein, nein, es kann nicht geschehen; es darf nicht geschehen!

*Sie geht und schiebt an Helmers Tür den Riegel vor. Das Hausmädchen öffnet die Vorzimmertür, lässt Krogstad ein und schließt die Tür wieder hinter ihm. Er trägt Reisepelz, Pelzstiefel und Pelzmütze.*

## ACHTER AUFTRITT

*Nora. Krogstad.*

NORA *(geht auf ihn zu).* Sprechen Sie leise; mein Mann ist zu Hause.

KROGSTAD. Na, meinetwegen.
NORA. Was wollen Sie von mir?
KROGSTAD. Mir einen Bescheid holen.
NORA. Also schnell. Was gibt es?
KROGSTAD. Sie wissen wohl, dass ich meine Kündigung bekommen habe.
NORA. Ich konnte es nicht verhindern, Herr Krogstad. Ich habe für Ihre Sache bis zum Äußersten gekämpft. Es war umsonst.
KROGSTAD. Hat Ihr Mann so wenig Liebe zu Ihnen? Er weiß, welchen Dingen ich Sie aussetzen kann, und doch wagt er es – –
NORA. Wie können Sie glauben, dass er darum weiß!
KROGSTAD. Ja freilich, dacht's mir schon. Es sähe meinem guten Torvald Helmer auch nicht ähnlich, so viel Mannesmut zu zeigen –
NORA. Herr Krogstad, ich verlange Respekt vor meinem Mann.
KROGSTAD. O gewiss! Allen schuldigen Respekt. Da Sie aber die Sache so ängstlich geheim halten, gnädige Frau, so darf ich wohl auch annehmen, dass Sie heut etwas besser als gestern über das unterrichtet sind, was Sie eigentlich getan haben?
NORA. Besser, als Sie's mich jemals lehren könnten!
KROGSTAD. Freilich, ein so schlechter Jurist wie ich –
NORA. Was wollen Sie also?
KROGSTAD. Nur sehen, wie es Ihnen geht, Frau Helmer. Ich hab den ganzen Tag an Sie gedacht. Ein Kassenbote, ein Winkelschreiber, ein – na, kurz und gut, so ein Mensch wie ich hat auch ein Herz sozusagen.
NORA. So beweisen Sie es; denken Sie an meine kleinen Kinder.
KROGSTAD. Haben Sie und Ihr Mann an meine Kinder gedacht? Doch das ist ja jetzt gleichgültig! Sie brauchen die Sache nicht zu ernst zu nehmen, – das nur wollte ich Ihnen sagen. Vorläufig werde ich meinerseits die Geschichte nicht zur Anzeige bringen.
NORA. Nicht wahr? Ich wusste es.
KROGSTAD. Die ganze Sache lässt sich in aller Güte ordnen; sie braucht gar nicht unter die Leute zu kommen; sie bleibt unter uns dreien.
NORA. Mein Mann darf nie etwas davon erfahren.
KROGSTAD. Wie wollen Sie das verhindern? Können Sie den Rest vielleicht bezahlen?
NORA. Nein, im Augenblick nicht.
KROGSTAD. Oder haben Sie ein Mittel, das Geld in den nächsten Tagen zu beschaffen?

NORA. Wenigstens keines, von dem ich Gebrauch machen will.

KROGSTAD. Es würde Ihnen auch nichts genützt haben. Und wenn Sie hier mit noch so viel Bargeld vor mir ständen, so würden Sie Ihren Schuldschein doch nicht zurückbekommen.

NORA. So erklären Sie, was Sie damit anfangen wollen.

KROGSTAD. Ich will ihn nur behalten, – ihn in Händen haben. Kein Unbeteiligter wird was davon erfahren. Wenn Sie sich also irgendwie mit einem verzweifelten Entschluss tragen sollten –

NORA. Das tu ich.

KROGSTAD. – wenn Sie beabsichtigen sollten, Haus und Familie zu verlassen –

NORA. Das tu ich.

KROGSTAD. – oder wenn Sie vielleicht noch etwas Schlimmeres vorhaben sollten –

NORA. Woher wissen Sie – ?

KROGSTAD. – so lassen Sie den Gedanken fahren.

NORA. Woher wissen Sie, dass ich mich mit solchen Gedanken trage?

KROGSTAD. Unsereins trägt sich fast immer damit im Anfang –. Auch ich hab mich damit getragen. Aber ach du lieber Gott, ich hatte nicht den Mut –

NORA *(tonlos).* Ich auch nicht.

KROGSTAD *(erleichtert).* Nicht wahr? Sie haben nicht den Mut dazu, – Sie auch nicht!

NORA. Nein, nein – ich habe ihn nicht, ich hab ihn nicht.

KROGSTAD. Es wär auch 'ne große Dummheit. Wenn nur der erste häusliche Sturm vorüber ist! – Ich hab hier in der Tasche einen Brief an Ihren Mann –

NORA. In dem alles steht?

KROGSTAD. Im Ausdruck so schonend wie nur möglich.

NORA *(schnell).* Der Brief darf nicht in seine Hände kommen! Zerreißen Sie ihn, ich werde nun doch Geld zu beschaffen suchen.

KROGSTAD. Entschuldigen Sie, gnädige Frau, aber ich glaube, ich hätte Ihnen soeben gesagt –

NORA. Ach, ich meine nicht das Geld, das ich Ihnen schulde. – Sagen Sie mir, welche Summe verlangen Sie von meinem Mann? Ich werde das Geld dann beschaffen.

KROGSTAD. Ich verlange kein Geld von Ihrem Mann.

NORA. Was verlangen Sie denn?

KROGSTAD. Das sollen Sie hören. Ich will wieder auf die Beine, gnädige Frau; – ich will empor; und dabei soll Ihr Gatte mir behilflich sein. Seit anderthalb Jahren hab ich mich keiner unehrenhaften Handlung schuldig gemacht. Während dieser Zeit hab ich mit den drückendsten Verhältnissen gekämpft; ich war zufrieden, mich Schritt für Schritt wieder heraufarbeiten zu können. Jetzt jagt man mich weg, und jetzt begnüge ich mich nicht damit, dass man mich wieder in Gnaden annimmt, ich will empor – sag ich Ihnen. Ich will wieder an die Bank – will in eine höhere Stellung; Ihr Mann soll einen Posten für mich schaffen –

NORA. Das tut er nun und nimmermehr.

KROGSTAD. Er wird es tun; ich kenne ihn. Er wagt nicht zu mucksen. Und wenn ich erst drin bin, mit ihm zusammen, – dann sollen Sie mal sehen! Noch ehe ein Jahr um ist, bin ich des Direktors rechte Hand. Dann wird Nils Krogstad die Aktienbank leiten und nicht Torvald Helmer.

NORA. Das werden Sie nie erleben!

KROGSTAD. Wollen Sie vielleicht –?

NORA. Jetzt hab ich den Mut dazu.

KROGSTAD. Oh, – Sie machen mir keine Angst. Eine feine, verwöhnte Dame wie Sie –

NORA. Sie sollen sehen; Sie sollen sehen!

KROGSTAD. Unter das Eis vielleicht? Ins kalte pechschwarze Wasser? Um dann im Frühling ans Land zu treiben, hässlich, unkenntlich, mit ausgefallenem Haar –

NORA. Sie machen mir keine Angst!

KROGSTAD. Und Sie mir auch nicht. So was tut man nicht, Frau Helmer. Und überdies, was hätte es für einen Zweck? Ich habe ihn ja trotzdem in der Tasche.

NORA. Dann auch noch? Wenn ich nicht mehr –?

KROGSTAD. Vergessen Sie, dass selbst Ihr guter Name nach Ihrem Tode von mir abhängt?

NORA *(steht sprachlos und sieht ihn an).*

KROGSTAD. So, nun wissen Sie, woran Sie sind. Machen Sie keine Dummheiten. Auf meinen Brief erwarte ich von Helmer Nachricht. Und vergessen Sie nicht, dass Ihr Gatte selbst mich auf Wege dieser Art gedrängt hat. Das werde ich ihm niemals vergeben. Adieu, gnädige Frau! *(Ab durch das Vorzimmer.)*

## NEUNTER AUFTRITT

*Nora. Dann Frau Linde.*

NORA *(eilt nach der Vorzimmertür, öffnet sie ein wenig, horcht).* Er geht. Gibt den Brief nicht ab. Ach nein, nein, es wär ja auch unmöglich. *(Öffnet die Tür weiter.)* Was ist das? Er bleibt draußen stehen. Geht nicht die Treppe hinunter. Bedenkt er sich? Sollte er –?

*Es fällt ein Brief in den Briefkasten; darauf hört man Krogstads Schritte, die sich die Treppe hinunter verlieren. Mit einem unterdrückten Aufschrei läuft Nora durchs Zimmer bis an den Sofatisch; kurze Pause.*

NORA. Im Briefkasten. *(Schleicht sich scheu an die Vorzimmertür.)* Da liegt er. – Torvald, Torvald, – jetzt sind wir rettungslos verloren!

FRAU LINDE *(kommt mit dem Kostüm aus dem Zimmer links).* So, – weiter wüsst ich nichts daran zu ändern. Willst du es einmal anprobieren –?

NORA *(heiser und leise).* Christine, komm her.

FRAU LINDE *(wirft das Kostüm aufs Sofa).* Was ist dir? Du siehst ganz verstört aus.

NORA. Komm her. Siehst du den Brief? Da, – schau hin – durch die Briefkastenscheibe.

FRAU LINDE. Ja, ich seh ihn.

NORA. Der Brief ist von Krogstad –

FRAU LINDE. Nora, – Krogstad hat dir das Geld geborgt!

NORA. Ja; und nun wird Torvald alles erfahren.

FRAU LINDE. Ach; glaube, Nora, das ist das Beste für euch beide.

NORA. Du weißt noch nicht alles. Ich hab eine Unterschrift gefälscht.

FRAU LINDE. Gerechter Gott –

NORA. Eins will ich dir sagen, Christine. Du musst mein Zeuge sein.

FRAU LINDE. Wieso Zeuge? Was soll ich – ?

NORA. Wenn ich den Verstand verlieren sollte – und das könnte ja geschehen –

FRAU LINDE. Nora!

NORA. Oder wenn mir etwas andres zustoßen sollte, – derart, dass ich nicht hier zur Stelle sein könnte, wenn –

FRAU LINDE. Nora, Nora, du bist ja wie von Sinnen!

NORA. Wenn dann einer alles auf sich nehmen will, – die ganze Schuld – du verstehst –

FRAU LINDE. Ja, ja. Aber wie kannst du nur denken –?

NORA. Dann sollst du bezeugen, dass es nicht wahr ist, Christine. Ich bin gar nicht von Sinnen; ich habe noch meinen vollen Verstand, und ich sage dir: Kein anderer hat darum gewusst; ich allein habe alles getan. Vergiss das nicht.

FRAU LINDE. Gewiss nicht. Aber ich verstehe das alles nicht.

NORA. Wie solltest du's auch verstehen können! Jetzt wird ja das Wunderbare geschehen!

FRAU LINDE. Das Wunderbare?

NORA. Ja, das Wunderbare. Aber es ist so furchtbar, Christine, – es darf nicht geschehen – um keinen Preis der Welt.

FRAU LINDE. Ich werde gleich zu Krogstad gehen und mit ihm reden.

NORA. Geh nicht zu ihm! Er wird dir etwas antun!

FRAU LINDE. Es gab einst eine Zeit, da er mir zuliebe gern alles getan hätte, was es auch sei.

NORA. Er?

FRAU LINDE. Wo wohnt er?

NORA. Ach, was weiß ich –? Doch – *(Greift in die Tasche.)* – hier ist seine Karte. Aber der Brief, der Brief –!

## ZEHNTER AUFTRITT

*Die Vorigen. Helmer draußen.*

HELMER *(in seinem Zimmer, klopft an die Tür).* Nora!

NORA *(schreit voll Angst auf).* Was gibt's? Was willst du von mir?!

HELMER. Na, na – erschrick nur nicht. Wir kommen ja nicht hinein. Du hast die Tür verriegelt. Du probierst wohl an?

NORA. Ja, ja; ich probiere an. Hübsch werd ich ausschauen, Torvald.

FRAU LINDE *(hat die Karte gelesen).* Er wohnt gleich um die Ecke.

NORA. Ja – aber es nützt doch nichts?! Wir sind rettungslos verloren. Der Brief liegt ja im Kasten.

FRAU LINDE. Und dein Mann hat den Schlüssel?

NORA. Ja, immer.

FRAU LINDE. Krogstad muss seinen Brief ungelesen zurückverlangen; er muss einen Vorwand finden.

NORA. Aber gerade um diese Zeit pflegt Torvald –

FRAU LINDE. Halt ihn hin. Geh so lange zu ihm hinein. Ich bin gleich wieder da. *(Geht schnell durch das Vorzimmer ab.)*

NORA *(geht an Helmers Tür und öffnet sie).* Torvald!

## ELFTER AUFTRITT

*Nora. Helmer. Dann Rank. Später Frau Linde und das Hausmädchen.*

HELMER *(im Hinterzimmer).* Na, darf man endlich wieder in sein eigenes Zimmer? Komm, Rank, jetzt wollen wir einmal sehen – *(In der Tür.)* Aber was ist das?

NORA. Was, liebster Torvald?

HELMER. Rank hat mich auf eine großartige Maskenszene vorbereitet.

RANK *(in der Tür).* Ich hab es so verstanden, kann mich aber auch geirrt haben.

NORA. Erst morgen darf man mich in meiner Pracht bewundern.

HELMER. Aber, liebe Nora, wie angegriffen siehst du aus! Hast du zu viel geübt?

NORA. Nein, ich hab noch gar nicht geübt.

HELMER. Das wird aber doch nötig sein –

NORA. Ganz gewiss, Torvald. Aber ohne deine Hilfe kann ich nichts machen, – ich habe alles vergessen.

HELMER. Oh, das werden wir rasch wieder einstudieren!

NORA. Ja, Torvald, du musst dich meiner annehmen. Willst du mir das versprechen? Ach, ich hab solche Angst. Die große Gesellschaft –. Heut Abend musst du dich ganz mir widmen. Nichts von Geschäften, – aber auch gar nichts. Keinen Federstrich! Nicht wahr, lieber Torvald?

HELMER. Das versprech ich dir. Heut Abend steh ich ausschließlich zu deiner Verfügung – du kleines hilfloses Geschöpf du! Aber halt! Ich will doch erst – *(Geht an die Vorzimmertür.)*

NORA. Was willst du draußen?

HELMER. Ich will nur sehen, ob Briefe da sind.

NORA. Nein, nein, tu's nicht, Torvald!

HELMER. Was heißt das?

NORA. Torvald, ich bitte dich; – es sind keine da.

HELMER. Lass mich doch nachsehen. *(Will hinaus.)*

NORA *(am Klavier, greift die ersten Takte der Tarantella).*

HELMER *(an der Tür, bleibt stehen).* Aha!

NORA. Soll ich morgen tanzen, so muss ich vorher mit dir üben.

HELMER *(geht zu ihr).* Hast du wirklich solche Angst, liebe Nora?

NORA. Ja, eine schreckliche Angst. Jetzt gleich lass uns üben.

Vor Tisch ist noch Zeit. Setz dich ans Klavier und spiele, lieber Torvald, verbessere mich; dirigier mich, wie du's immer tust.

HELMER. Gern, sehr gern, wenn du es wünschst. *(Setzt sich ans Klavier.)*

NORA *(nimmt das Tamburin aus dem Karton, ebenso einen langen, bunten Schal, mit dem sie sich hastig drapiert; darauf kommt sie mit einem Sprung in den Vordergrund und ruft).* Spiel! Jetzt will ich tanzen. *(Helmer spielt und Nora tanzt. Rank steht hinter Helmer am Klavier und sieht zu.)*

HELMER. Langsamer, – langsamer.

NORA. Ich kann nicht anders.

HELMER. Nicht so wild, Nora.

NORA. So gerade ist's recht.

HELMER *(hört auf zu spielen).* Nein, nein, so geht es absolut nicht.

NORA *(lacht und schwingt das Tamburin).* Hab ich's dir nicht gesagt?

RANK. Lass mich ans Klavier.

HELMER *(steht auf).* Schön – dann kann ich sie bequemer korrigieren.

*Rank setzt sich ans Klavier und spielt. Nora tanzt mit wachsender Erregtheit. Helmer hat sich an den Ofen gestellt und richtet während des Tanzes fortwährend verbessernde Bemerkungen an sie. Sie scheint es nicht zu hören, ihr Haar löst sich und fällt auf die Schultern herab; sie kehrt sich nicht daran, sondern fährt fort zu tanzen. Frau Linde tritt ein.*

FRAU LINDE *(steht wie versteinert an der Tür).* Ah –!

NORA *(während des Tanzens).* Hier geht's lustig her, Christine.

HELMER. Aber liebste, beste Nora, du tanzt ja, als ginge es dir ans Leben.

NORA. Das tut es auch.

HELMER. Rank, hör auf; das ist ja der reine Wahnsinn. Hör auf, sag ich dir! *(Rank hört auf zu spielen und Nora hält plötzlich inne. Helmer geht zu ihr.)* Das hätt ich doch nie für möglich gehalten; du hast ja alles vergessen, was ich dir beigebracht habe.

NORA *(wirft das Tamburin von sich).* Da siehst du!

HELMER. Hier ist wirklich noch Unterricht nötig.

NORA. Nun siehst du, wie notwendig es ist. Du musst noch bis zum letzten Augenblick mit mir üben. Versprichst du mir das, Torvald?

HELMER. Verlass dich drauf.

NORA. Du darfst heute und morgen für nichts anderes Gedanken haben als für mich; du darfst keinen Brief öffnen –, nicht den Briefkasten aufmachen –

HELMER. Aha, das ist noch immer die Angst vor diesem Menschen –.

NORA. O ja, auch das!

HELMER. Nora, ich seh es dir an, es liegt schon ein Brief von ihm drin.

NORA. Ich weiß nicht; ich glaube; du darfst so was aber jetzt nicht lesen. Es darf nichts Hässliches zwischen uns treten, bevor alles vorüber ist.

RANK *(leise zu Helmer).* Widersprich ihr nicht.

HELMER *(legt den Arm um sie).* Das Kind soll seinen Willen haben. Aber morgen Abend, wenn du getanzt hast –

NORA. Dann bist du frei –

HAUSMÄDCHEN *(an der Tür rechts).* Gnädige Frau, es ist angerichtet.

NORA. Bring Champagner, Helene.

HAUSMÄDCHEN. Schön, gnädige Frau. *(Ab.)*

HELMER. Ei, ei – also ein großes Gelage?

NORA. Champagnergelage bis in den hellen Morgen. *(Ruft hinaus.)* Und auch Makronen, Helene, viele – nur dies eine Mal.

HELMER *(fasst ihre Hände).* So – so – so – nicht diese ängstliche, wilde Leidenschaft! Sei nun wieder meine liebe kleine Lerche wie sonst!

NORA. Ach ja, das will ich auch. Aber geh nur hinein; Sie auch, Doktor. Christine, du musst mir das Haar wieder aufstecken.

RANK *(indem er und Helmer abgehen).* Da ist wohl etwas – etwas unterwegs?

HELMER. Kein Gedanke, lieber Freund; es ist nichts als diese kindische Furcht, von der ich dir erzählt habe. *(Beide rechts ab.)*

NORA. Nun?

FRAU LINDE. Verreist – über Land.

NORA. Ich hab es dir angesehen.

FRAU LINDE. Er kommt morgen Abend zurück. Ich hab ihm einige Zeilen hinterlassen.

NORA. Das hättest du nicht tun sollen. Du sollst nichts verhindern. Im Grunde ist es doch eine Seligkeit, das Wunderbare zu erwarten.

FRAU LINDE. Was erwartest du?

NORA. Ach, das kannst du nicht verstehen. Geh hinein zu ihnen; ich komme gleich nach. *(Frau Linde geht ins Speisezimmer.)*

## ZWÖLFTER AUFTRITT

*Nora. Dann Helmer.*

NORA *(steht einen Augenblick, wie um sich zu sammeln, dann sieht sie auf ihre Uhr).* Fünf Uhr. Sieben Stunden bis Mitternacht. Dann noch vierundzwanzig Stunden bis nächste Mitternacht. Dann ist die Tarantella aus. Vierundzwanzig und sieben? Noch einunddreißig Stunden zu leben.

HELMER *(rechts in der Tür).* Aber wo bleibt denn meine kleine Lerche?

NORA *(fliegt mit offenen Armen ihm entgegen).* Da ist die Lerche.

# DRITTER AKT

*Dasselbe Zimmer. Der Sofatisch mit den Stühlen ist mitten ins Zimmer gerückt. Auf dem Tisch brennt eine Lampe. Die Tür zum Vorzimmer steht offen. Aus der oberen Etage ertönt Musik.*

## ERSTER AUFTRITT

*Frau Linde. Krogstad.*

FRAU LINDE *(sitzt am Tisch und blättert zerstreut in einem Buche; sie versucht zu lesen, scheint ihre Gedanken jedoch nicht sammeln zu können; ein paar Mal horcht sie gespannt in der Richtung der Treppentür. Sie sieht auf ihre Uhr).* Noch immer nicht. Und es ist doch die höchste Zeit. Wenn er nur nicht – *(Horcht wieder.)* Ah! da ist er. *(Sie geht ins Vorzimmer und öffnet vorsichtig die äußere Tür; man hört leise Schritte auf der Treppe; sie flüstert.)* Herein. Es ist niemand da.

KROGSTAD *(in der Tür).* Ich fand in meiner Wohnung einen Zettel von Ihnen. Was soll das bedeuten?

FRAU LINDE. Ich habe dringend mit Ihnen zu reden.

KROGSTADT. So? Und das muss gerade hier im Hause geschehen?

FRAU LINDE. Bei mir zu Hause war es unmöglich. Mein Zimmer hat keinen besondern Eingang. Treten Sie näher; wir sind ganz allein; das Mädchen schläft, und Helmers sind oben auf dem Ball.

KROGSTAD *(tritt in das Zimmer).* Ei sieh mal an! Helmers tanzen heut Abend? Wirklich?

FRAU LINDE. Ja, warum denn nicht?

KROGSTAD. Na ja, – warum auch nicht?

FRAU LINDE. Krogstad, – sprechen wir uns aus.

KROGSTAD. Wir zwei hätten noch etwas miteinander zu besprechen?

FRAU LINDE. Wir haben sehr viel zu besprechen.

KROGSTAD. Das hätt ich nicht geglaubt.

FRAU LINDE. Weil Sie mich nie so recht verstanden haben.

KROGSTAD. Was war denn da weiter zu verstehen? War's nicht die alte Geschichte? Eine herzlose Frau gibt einem Manne den Laufpass, wenn sich etwas Vorteilhafteres bietet.

FRAU LINDE. Halten Sie mich für so ganz herzlos? Glauben Sie wirklich, ich hätte leichten Herzens mit Ihnen gebrochen?

KROGSTAD. Nicht?

FRAU LINDE. Krogstad, haben Sie das wirklich geglaubt?

KROGSTAD. Wenn das nicht so war, warum haben Sie denn damals in dieser Weise an mich geschrieben?

FRAU LINDE. Ich konnte ja nicht anders. In dem Augenblick, wo ich mit Ihnen brach, war es auch meine Pflicht, in Ihnen alles zu ersticken, was Sie für mich fühlten.

KROGSTAD *(ballt die Hände).* Darum also! Und nur – nur des Geldes wegen.

FRAU LINDE. Sie dürfen nicht vergessen, ich hatte eine hilflose Mutter und zwei kleine Brüder. Wir konnten nicht auf Sie warten, Krogstad; um Ihre Aussichten war es damals doch schwach bestellt.

KROGSTAD. Mag sein; aber Sie hatten kein Recht, mich preiszugeben einem andern Menschen zuliebe.

FRAU LINDE. Ja, ich weiß nicht. Oft habe ich mich selbst gefragt, ob ich ein Recht dazu hatte.

KROGSTAD *(leise).* Als ich Sie verlor, da war mir's, als wanke der feste Boden unter meinen Füßen. Sehen Sie mich an, jetzt bin ich ein Schiffbrüchiger auf seinem Wrack.

FRAU LINDE. Die Hilfe ist vielleicht nah.

KROGSTAD. Sie war nah. Aber da kamen Sie und stellten sich in den Weg.

FRAU LINDE. Ohne es zu wissen, Krogstad. Erst heute hab ich erfahren, dass ich Sie bei der Bank ablösen sollte.

KROGSTAD. Ich glaube Ihnen, wenn Sie es sagen. Aber nun, wo Sie es wissen, – da treten Sie doch zurück?

FRAU LINDE. Nein. Sie würden nicht den geringsten Nutzen davon haben.

KROGSTAD. Bah! Nutzen, Nutzen –; ich würd es trotzdem tun.

FRAU LINDE. Ich habe gelernt, vernünftig zu handeln. Das Leben und die harte, bittere Not haben es mich gelehrt.

KROGSTAD. Und mich hat das Leben gelehrt, nicht an Redensarten zu glauben.

FRAU LINDE. Dann hat es Sie etwas sehr Vernünftiges gelehrt. Aber an Taten glauben Sie doch?

KROGSTAD. Wie meinen Sie das?

FRAU LINDE. Sie sagten, Sie ständen da wie ein Schiffbrüchiger auf seinem Wrack.

KROGSTAD. Ich habe gewiss Grund, das zu sagen.

FRAU LINDE. Auch ich sitze da wie eine Schiffbrüchige auf ihrem Wrack. Habe keinen, um den und für den ich sorgen könnte.

KROGSTAD. Es war Ihre eigene Wahl.

FRAU LINDE. Eine andere hatte ich damals nicht.

KROGSTAD. Nun, und weiter?

FRAU LINDE. Krogstad, wenn wir beiden schiffbrüchigen Leute uns nun zusammentäten?!

KROGSTAD. Was sagen Sie da?

FRAU LINDE. Zwei auf e i n e m Wrack sind doch besser dran als jeder auf dem seinen allein.

KROGSTAD. Christine!

FRAU LINDE. Was, glauben Sie wohl, hat mich in die Stadt geführt?

KROGSTAD. Doch wohl nicht der Gedanke an mich?

FRAU LINDE. Ich muss arbeiten, wenn ich das Dasein ertragen soll. Mein ganzes Leben hindurch, so weit ich zurückdenken kann, hab ich gearbeitet, und das war meine schönste, meine einzige Freude. Aber jetzt steh ich ganz allein in der Welt, mit schrecklich leerer Seele und verlassen. Nur für sich selbst arbeiten zu müssen, das ist keine Freude. Krogstad, schaffen Sie mir einen –, schaffen Sie mir etwas, wofür ich arbeiten kann.

KROGSTAD. Daran glaube ich nicht. Es ist der Heroismus einer überspannten Frau, die sich selbst opfern will – nichts weiter!

FRAU LINDE. Haben Sie jemals beobachtet, dass ich überspannt war?

KROGSTAD. Sie könnten das wirklich? Sagen Sie mir – sind Sie auch in meine ganze Vergangenheit eingeweiht?

FRAU LINDE. Ja.

KROGSTAD. Und Sie wissen, wofür ich hier gelte?

FRAU LINDE. Aus Ihren Worten vorhin klang etwas wie die Überzeugung heraus, dass Sie mit mir ein anderer hätten werden können.

KROGSTAD. Ganz ohne Zweifel.

FRAU LINDE. Sollte das nicht jetzt noch geschehen können?

KROGSTAD. Christine, sprechen Sie mit voller Überlegung?! Ja, Sie tun es. Ich seh es Ihnen an. Sie haben also wirklich Mut –?

FRAU LINDE. Ich brauche Kinder um mich, denen ich eine Mutter sein kann; und Ihre Kinder brauchen eine Mutter. Wir beide brauchen einander. Krogstad, ich glaube an den guten Kern in Ihnen; – zusammen mit Ihnen wag ich alles.

KROGSTAD. Ich danke dir, Christine! – Jetzt werde ich mich schon in den Augen der andern wieder zu rehabilitieren wissen! – Doch ich vergaß –

FRAU LINDE *(horcht)*. Horch! Die Tarantella! Gehen Sie! Gehen Sie!

KROGSTAD. Weshalb? Was ist denn?

FRAU LINDE. Hören Sie den Tanz dort oben? Wenn der vorüber ist, können wir sie erwarten.

KROGSTAD. Jawohl! Ich gehe. Es ist ja alles vergebens. Sie wissen natürlich nicht, was für einen Schritt ich gegen Helmers unternommen habe.

FRAU LINDE. Doch, Krogstad, ich weiß.

KROGSTAD. Und trotzdem haben Sie den Mut –?

FRAU LINDE. Ich verstehe, wozu die Verzweiflung einen Mann wie Sie treiben kann.

KROGSTAD. Oh, wenn ich das ungeschehen machen könnte!

FRAU LINDE. Das können Sie wohl; denn Ihr Brief liegt noch im Kasten.

KROGSTAD. Wissen Sie das bestimmt?

FRAU LINDE. Ganz bestimmt; aber –

KROGSTAD *(blickt sie forschend an)*. Sollte es so zu verstehen sein? Sie wollen Ihre Freundin um jeden Preis retten. Sagen Sie es geradeheraus. Ist das so?

FRAU LINDE. Krogstad, wer sich um andrer willen schon einmal verkauft hat, der tut es nicht zum zweiten Male.

KROGSTAD. Ich werde meinen Brief zurückverlangen.

FRAU LINDE. Nein, nein.

KROGSTAD. Ja natürlich; ich warte hier, bis Helmer herunterkommt; ich sag ihm, dass er mir meinen Brief zurückgeben müsse, – dass dieser Brief nur von meiner Entlassung handle, – dass er ihn nicht lesen solle –

FRAU LINDE. Nein, Krogstad, Sie sollen den Brief nicht zurückverlangen.

KROGSTAD. Aber sagen Sie mir: Sie haben mich doch nur deswegen herbestellt?

FRAU LINDE. Ja, im ersten Schreck; aber dazwischen liegen jetzt vierundzwanzig Stunden, und seitdem bin ich hier im Hause Zeuge unglaublicher Dinge gewesen. Helmer muss alles erfahren; dieses unglückselige Geheimnis muss an den Tag, es muss zwischen den beiden zu einer offenen Auseinandersetzung kommen; es kann unmöglich so fortgehen mit den Vertuschungen und Ausflüchten!

KROGSTAD. Nun wohl; – wenn Sie es denn wagen –. Aber eins kann ich auf jeden Fall tun, und das soll sofort geschehen –

FRAU LINDE *(lauscht)*. Eilen Sie! Gehen Sie! Gehen Sie! Der Tanz ist aus; wir sind keinen Augenblick mehr sicher.

KROGSTAD. Ich warte unten auf Sie.

FRAU LINDE. Ja, tun Sie das; Sie dürfen mich bis an die Haustür begleiten.

KROGSTAD. So unsagbar glücklich bin ich nie gewesen. *(Er geht durch die Treppentür ab; die Tür zwischen dem Zimmer und dem Vorzimmer bleibt offen.)*

## ZWEITER AUFTRITT

*Frau Linde. Dann Helmer und Nora.*

FRAU LINDE *(räumt ein wenig auf und legt ihren Mantel und Hut zurecht).* Welch eine Wendung! Ja, welch eine Wendung! Menschen, für die ich arbeiten, – für die ich leben kann; ein Zuhause, in das ich Glück und Behaglichkeit bringen darf. Da heißt es allerdings fest anpacken. – Wenn sie nur bald kämen – *(Horcht.)* Ah, da sind sie schon. Wo sind meine Sachen!

*Sie nimmt Hut und Mantel.*

*Draußen hört man Helmers und Noras Stimmen, ein Schlüssel wird im Schloss umgedreht, und Helmer führt Nora fast mit Gewalt ins Vorzimmer. Sie trägt das italienische Kostüm mit einem großen, schwarzen Schal darüber; Helmer ist im Gesellschaftsanzug und trägt einen offenen schwarzen Domino darüber.*

NORA *(noch in der Tür, widerstrebend).* Nein, nein, nein; nicht nach Haus! Ich will wieder hinauf. Ich mag noch nicht so früh weg.

HELMER. Aber liebste Nora –

NORA. Ach, ich bitte dich flehentlich, Torvald; ich bitte dich von ganzem Herzen, – nur eine Stunde noch.

HELMER. Nicht eine Minute länger, meine süße Nora. Du weißt, so war's verabredet! So – hinein ins Zimmer; du erkältest dich hier bloß. *(Trotz ihres Widerstandes führt er sie sanft ins Zimmer.)*

FRAU LINDE. Guten Abend.

NORA. Christine!

HELMER. Wie, Frau Linde, Sie noch so spät hier?

FRAU LINDE. Ja, verzeihen Sie, ich wollte Nora so gern in ihrem Staat sehen.

NORA. Hast du die ganze Zeit auf mich gewartet?

FRAU LINDE. Ja. Ich bin leider zu spät gekommen. Du warst schon oben, und da wollt' ich nicht wieder weggehen, bevor ich dich gesehen habe.

HELMER *(nimmt Nora den Schal ab).* Ja, schauen Sie sie nur ordentlich an. Ich meine, sie ist das Ansehen wert. Ist sie nicht reizend, Frau Linde?

FRAU LINDE. Ja, das muss ich sagen –

HELMER. Ist sie nicht ungewöhnlich reizend? Darüber gab es auch in der Gesellschaft nur eine Stimme. Aber entsetzlich eigensinnig ist sie – das süße kleine Ding. Was soll man machen? Wollen Sie wohl glauben: Ich musste beinahe Gewalt brauchen, um sie wegzubringen.

NORA. Torvald, du wirst es noch bereuen, dass du mir nicht wenigstens noch eine halbe Stunde gegönnt hast.

HELMER. Da hören Sie's, Frau Linde. Sie tanzt ihre Tarantella – hat stürmischen Beifall, – der auch verdient war, obgleich der Vortrag vielleicht etwas zu naturalistisch war, ich meine – ein wenig naturalistischer, als es sich streng genommen mit den Forderungen der Kunst verträgt. Gleichviel, die Hauptsache ist, – sie hat Beifall, stürmischen Beifall. Und danach hätte ich sie noch oben lassen sollen? Die Wirkung abschwächen sollen? Nein bewahre! Ich nahm mein reizendes kleines Mädchen von Capri – mein kapriziöses kleines Mädchen von Capri, sollt ich eigentlich sagen – unter den Arm; eine schnelle Runde durch den Saal, Verbeugung nach allen Seiten, und – wie es in der Romansprache heißt – das schöne Bild ist verschwunden. Ein Abgang muss immer wirkungsvoll sein, Frau Linde. Aber es ist mir nicht möglich, Nora das begreiflich zu machen. Puh, wie heiß es hier ist! *(Wirft den Domino auf einen Stuhl und öffnet die Tür zu seinem Zimmer.)* Was? Da ist es ja dunkel! Ach ja, natürlich. Verzeihung – *(Er geht hinein und zündet einige Kerzen an.)*

NORA *(flüstert schnell und atemlos).* Nun?!

FRAU LINDE *(leise).* Ich hab mit ihm gesprochen.

NORA. Nun?

FRAU LINDE. Nora – du musst deinem Mann alles sagen!

NORA *(tonlos).* Ich wusst' es.

FRAU LINDE. Von Krogstads Seite hast du nichts zu fürchten; aber reden m u s s t du.

NORA. Ich rede nicht.

FRAU LINDE. Dann redet der Brief.

NORA. Ich danke dir, Christine; jetzt weiß ich, was ich zu tun habe. Pst –! *(Helmer tritt wieder ein.)*

HELMER. Na, Frau Linde, haben Sie sie bewundert?

FRAU LINDE. Ja, und nun will ich mich verabschieden.

HELMER. Ach was, schon? – Gehört Ihnen das Strickzeug da?

FRAU LINDE *(nimmt es).* Ja, danke schön. Beinahe hätt ich's vergessen.

HELMER. Also, Sie stricken?

FRAU LINDE. Ja freilich.

HELMER. Wissen Sie was, Sie sollten lieber sticken.

FRAU LINDE. So? Und weshalb?

HELMER. Weil es viel hübscher aussieht. Sehen Sie nur: Man hält die Stickerei mit der linken Hand – so –, und mit der rechten führt man die Nadel – so – in leichtem, lang gestrecktem Bogen; nicht wahr –?

FRAU LINDE. Ja, das mag schon sein –

HELMER. Das Stricken hingegen, das kann nur unschön sein. Sehen Sie her: Die zusammengeklemmten Arme, – die Stricknadeln, die auf und ab fahren, – das hat so was Chinesisches an sich. – Es war wirklich ein köstlicher Champagner, den man uns aufgetischt hat.

FRAU LINDE. Gute Nacht, Nora, – und sei nicht mehr eigensinnig.

HELMER. Gut gesagt, Frau Linde.

FRAU LINDE. Gute Nacht, Herr Doktor!

*Helmer begleitet sie zur Tür.*

HELMER. Gute Nacht, gute Nacht; ich will nur hoffen, dass Sie gut nach Hause kommen. Ich würde sehr gern –; aber Sie haben ja nicht weit zu gehen. Gute Nacht, gute Nacht. *(Frau Linde geht; er schließt die Tür hinter ihr ab und kommt zurück.)*

## DRITTER AUFTRITT

*Helmer. Nora.*

HELMER. Na, endlich sind wir sie los. Eine furchtbar langweilige Person –!

NORA. Bist du nicht sehr müde, Torvald?

HELMER. Nein, nicht im Geringsten.

NORA. Auch nicht schläfrig?

HELMER. Durchaus nicht; im Gegenteil, ich fühle mich außerordentlich frisch. Und du? Du siehst allerdings müde und schläfrig aus.

NORA. Ich bin sehr müde. Ich werde bald schlafen gehen.

HELMER. Siehst du, siehst du! Es war also sehr recht von mir, dass wir nicht länger geblieben sind.

NORA. Ach, alles was du tust, ist recht.

HELMER *(küsst sie auf die Stirn).* Jetzt spricht meine Lerche wie ein vernünftiger Mensch. Sag mal: Hast du bemerkt, wie lustig Rank heute Abend war?

NORA. So? War er das? Ich habe gar nicht mit ihm gesprochen.

HELMER. Ich auch fast gar nicht; aber ich habe ihn schon lange nicht in so guter Laune gesehen. *(Sieht sie einen Augenblick an; darauf tritt er näher zu ihr.)* Hm, – es ist doch herrlich, wieder in seinen eigenen vier Wänden zu sein, – ganz allein mit dir. – Du bist so reizend, so verführerisch!

NORA. Sieh mich nicht so an, Torvald!

HELMER. Mein teuerstes Gut soll ich nicht ansehen? Die Schönheit nicht ansehen, die mir gehört, mir allein, mir ganz und ausschließlich?

NORA *(geht an die andere Seite des Tisches).* Du sollst nicht so zu mir sprechen heut Abend.

HELMER *(folgt ihr).* Dir liegt noch die Tarantella im Blut, das merk ich. Und das macht dich nur noch verführerischer. Horch! Nun brechen die Gäste auf. Leiser. Nora, – bald ist es still im ganzen Hause.

NORA. Ja, das hoff ich.

HELMER. Nicht wahr, meine einzig geliebte Nora? Ach, weißt du – wenn ich so mit dir in Gesellschaft bin, – weißt du, weshalb ich dann so wenig mit dir spreche, dir fern bleibe, dir nur dann und wann einen verstohlenen Blick zuwerfe? – Weißt du, warum ich das tue? Weil ich mir dann einbilde, du seist meine heimliche Geliebte, meine heimliche junge Braut, und es ahne niemand, dass zwischen uns beiden ein Geheimnis ist.

NORA. Ja, ja; ich weiß, dass all deine Gedanken bei mir sind.

HELMER. Und wenn wir dann fort wollen und ich den Schal um deine zarten, jugendlichen Schultern lege – um diesen wunderbaren Nacken, – dann stelle ich mir vor, dass du mir soeben angetraut bist, dass wir gerad aus der Kirche kommen, dass ich dich zum ersten Mal in meine Wohnung führe, – dass ich zum ersten Mal mit dir allein bin, – ganz allein mit dir, du erbebende junge Schönheit! Den ganzen Abend hab ich mich nur nach dir gesehnt. Als ich dich die Tarantella so verführerisch tanzen sah, – da kochte mein Blut; ich hielt es nicht mehr aus – und deshalb führte ich dich so früh nach Haus –

NORA. Geh jetzt, Torvald. Du sollst mich in Ruhe lassen. Ich will das alles nicht.

HELMER. Was soll das heißen? Du hast mich wohl zum Besten, Norachen? Du willst nicht, willst nicht? Bin ich nicht dein Mann –?

*Es klopft an der Treppentür.*

NORA *(fährt zusammen).* Hörst du –?

HELMER *(nach dem Vorzimmer gehend).* Wer ist da?

## VIERTER AUFTRITT

*Die Vorigen. Rank.*

DOKTOR RANK *(draußen).* Ich bin's. Darf ich einen Augenblick eintreten?

HELMER *(leise, ärgerlich).* Was will denn der jetzt? *(Laut.)* Wart einen Augenblick. *(Geht hin und schließt auf.)* Na, das ist ja hübsch von dir, dass du nicht an unserer Tür vorübergehst.

RANK. Mir war, als hörte ich deine Stimme, und da wollte ich gern noch einen Blick hereintun. *(Lässt das Auge flüchtig umherschweifen.)* Ach ja, diese teuren, trauten Räume. Ihr habt es nett und behaglich, ihr beide.

HELMER. Du hast dich oben offenbar auch recht behaglich gefühlt.

RANK. Außerordentlich. Warum auch nicht? Weshalb soll man in dieser Welt nicht alles mitnehmen? Wenigstens, so viel man kann und so lange man es kann. Der Wein war vortrefflich –

HELMER. Besonders der Champagner.

RANK. Hast du das auch gefunden? Unglaublich, wie viel ich hinunterspülen konnte!

NORA. Torvald hat heut Abend auch viel Champagner getrunken.

RANK. So?

NORA. Ja, und danach ist er immer so gut aufgelegt.

RANK. Weshalb soll man sich denn nicht auch einen vergnügten Abend machen nach einem gut ausgefüllten Tage?

HELMER. Gut ausgefüllter Tag! Dessen darf ich mich leider nicht rühmen.

RANK *(schlägt ihm auf die Schulter).* Aber siehst du, ich darf das.

NORA. Sie haben heut gewiss eine wissenschaftliche Untersuchung vorgenommen, Doktor?

RANK. Ja, das hab ich.

HELMER. Ei, ei, unsere kleine Nora redet von wissenschaftlichen Untersuchungen!

NORA. Und darf man Ihnen Glück wünschen zu dem Resultat?

RANK. Das dürfen Sie getrost.

NORA. Das Resultat war also gut?

RANK. Das denkbar Beste für den Arzt wie für den Patienten, – Gewissheit.

NORA *(schnell und forschend).* Gewissheit?

RANK. Volle Gewissheit. Konnte ich mir daraufhin nicht einen vergnügten Abend machen?

NORA. Ja, daran haben Sie recht getan, Doktor.

HELMER. Das sag ich auch; wenn du nur nicht morgen dafür büßen musst.

RANK. Nun, umsonst bekommt man nichts auf der Welt.

NORA. Doktor, – Maskeraden machen Ihnen wohl großes Vergnügen?

RANK. Ja, wenn recht viel komische Masken da sind –

NORA. Hören Sie, als was wollen wir beide gehen auf der nächsten Maskerade?

HELMER. Du kleiner Leichtsinn – denkst du jetzt schon an die nächste?

RANK. Wir beide? Das will ich Ihnen sagen: Sie kommen als Glückskind –

HELMER. Ja, aber in einem recht charakteristischen Kostüm.

RANK. Lass deine Frau nur kommen, wie sie ist –

HELMER. Wirklich famos gesagt. Aber weißt du auch schon, was du selber vorstellen wirst?

RANK. Lieber Freund, darüber bin ich mir jetzt vollkommen im Klaren.

HELMER. Nun?

RANK. Auf der nächsten Maskerade werd ich unsichtbar sein.

HELMER. Das ist ein ulkiger Einfall.

RANK. Es gibt eine große schwarze Kappe –; hast du noch nie von der Tarnkappe gehört? Die wird einem aufgesetzt, und dann wird man von keinem gesehen.

HELMER *(mit unterdrücktem Lächeln).* Jawohl, – sehr richtig!

RANK. Aber ich vergesse ganz, weshalb ich gekommen bin. Helmer, gib mir eine Zigarre, eine von deinen dunklen Havannas.

HELMER. Mit dem größten Vergnügen. *(Reicht ihm sein Zigarrenetui hin.)*

RANK *(nimmt eine und schneidet die Spitze ab).* Danke!

NORA *(streicht ein Zündhölzchen an).* Ich will Ihnen Feuer geben.

RANK. Danke schön. *(Sie hält das Zündholz hin, er raucht die Zigarre an.)* Und nun adieu!

HELMER. Adieu, adieu, lieber Freund!

NORA. Schlafen Sie wohl, Doktor!

RANK. Besten Dank für diesen Wunsch.

NORA. Wünschen Sie mir dasselbe.

RANK. Ihnen? Nun ja, wenn Sie wollen –. Schlafen Sie wohl. Und Dank für das Feuer –. *(Er nickt beiden zu und geht.)*

## FÜNFTER AUFTRITT

*Helmer. Nora. Später Helene.*

HELMER *(mit gedämpfter Stimme).* Er hat schwer getrunken.

NORA *(wie geistesabwesend).* Mag sein. *(Helmer nimmt sein Schlüsselbund aus der Tasche und geht ins Vorzimmer.)* Torvald – was willst du da?

HELMER. Ich muss den Briefkasten leeren; er ist ganz voll; sonst ist morgen früh kein Platz für die Zeitungen.

NORA. Willst du heute Nacht noch arbeiten?

HELMER. Nein, das weißt du ja schon. – Was ist das? Da ist einer am Schloss gewesen.

NORA. Am Schloss –?

HELMER. Allerdings. Was soll das heißen? Ich will doch nicht hoffen, dass die Mädchen –? Hier liegt eine abgebrochene Haarnadel. Nora, eine von deinen.

NORA *(schnell).* Dann müssen es die Kinder gewesen sein –

HELMER. Das musst du ihnen aber wirklich abgewöhnen. Hm, hm; – na, nun hab ich ihn doch noch aufbekommen. *(Nimmt den Inhalt heraus und ruft in die Küche hinein.)* Helene! – Helene, machen Sie die Lampe aus im Entree. *(Kommt wieder ins Zimmer und schließt die Tür zum Vorzimmer.)*

HELMER *(mit den Briefen in der Hand).* Sieh her, sieh mal, wie sich das angesammelt hat. *(Blättert darin.)* Was ist das?

NORA *(am Fenster).* Der Brief! – Nein, nein, Torvald!

HELMER. Zwei Visitenkarten – von Rank.

NORA. Vom Doktor?

HELMER *(sieht sich die Karten an).* Doctor medicinae Rank. Sie lagen obenauf; er muss sie beim Weggehen hineingesteckt haben.

NORA. Steht was drauf?

HELMER. Über dem Namen steht ein schwarzes Kreuz. Sieh mal her. Das ist doch ein unheimlicher Einfall! Gerade als ob er seinen eigenen Tod anzeigte.

NORA. Das tut er auch.

HELMER. Wie? Weißt du was? Hat er dir was gesagt?

NORA. Ja. Mit diesen Karten hat er Abschied von uns genommen. Er will sich einschließen und sterben.

HELMER. Armer Freund! Ich wusste wohl, dass ich ihn nicht

lange mehr haben würde. Aber so schnell –. Und nun verbirgt er sich wie ein verwundetes Tier.

NORA. Wenn es schon sein m u s s, dann ist es am besten, dass es ohne Worte geschieht. Nicht wahr, Torvald?

HELMER. Er war so mit uns verwachsen. Ich kann mir unser Leben gar nicht ohne ihn denken. Er, mit seinem Leiden und seiner Vereinsamung, gab gewissermaßen den wolkigen Hintergrund für unser sonnenhelles Glück. – *(Bleibt stehen.)* Und vielleicht auch für uns, Nora. Jetzt sind wir beide nur auf uns angewiesen. *(Umarmt sie.)* O du meine geliebte Frau; mir ist, als könnte ich dich nicht fest genug halten. Weißt du, Nora – manchmal wünsche ich, es möchte dir eine unmittelbare Gefahr drohen, auf dass ich Besitz und Leben und alles, alles für dich aufs Spiel setzen könnte.

NORA *(reißt sich los und sagt fest und entschlossen)*. Jetzt sollst du deine Briefe lesen, Torvald!

HELMER. Nein, nein, jetzt nicht mehr. Ich bleibe bei dir, meine geliebte Frau.

NORA. Mit dem Gedanken an den Tod deines Freundes?

HELMER. Du hast Recht. Es hat uns beide erschüttert. Es ist etwas Unschönes zwischen uns getreten; der Gedanke an Tod und Auflösung. Wir müssen uns davon zu befreien suchen. Bis dahin – gehe jeder in sein Zimmer.

NORA *(an seinem Hals)*. Torvald, – gute Nacht! Gute Nacht!

HELMER *(küsst sie auf die Stirn)*. Gute Nacht, mein Singvögelchen; schlaf wohl, Nora. Jetzt lese ich die Briefe. *(Er geht mit der Korrespondenz in sein Zimmer und schließt die Tür hinter sich.)*

NORA *(mit irren Blicken, tastet umher, fasst Helmers Domino, wirft ihn sich um und flüstert schnell, heiser und abgerissen)*. Ihn niemals wieder sehen! Niemals! Niemals! Niemals! *(Wirft sich den Schal über den Kopf.)* Und auch die Kinder nicht. Auch die nicht. Niemals, niemals! – Oh! Das eiskalte, schwarze Wasser. O die bodenlose Tiefe! Dies –. Wenn es nur erst vorüber wäre! – Jetzt hat er den Brief; jetzt liest er ihn. Nein, nein, noch nicht! Torvald, leb wohl – mit den Kindern! *(Sie will durchs Vorzimmer hinausstürzen. In demselben Augenblick reißt Helmer seine Tür auf und steht mit dem offenen Briefe in der Hand da.)*

HELMER. Nora!

NORA *(schreit laut auf)*. Ah –!

HELMER. Was ist das? Weißt du, was in diesem Briefe steht?

NORA. Ja, ich weiß es. Lass mich gehen! Lass mich hinaus!

HELMER *(hält sie zurück)*. Wo willst du hin?

NORA *(versucht sich loszureißen).* Du darfst mich nicht retten, Torvald!

HELMER *(taumelt zurück).* Wahr also –? Ist es wahr, was er schreibt? Entsetzlich! Nein, nein, es kann und kann nicht wahr sein!

NORA. Es ist wahr. Über alles in der Welt hab ich dich geliebt!

HELMER. Komm mir nicht mit elenden Ausflüchten!

NORA *(macht einen Schritt auf ihn zu).* Torvald –!

HELMER. Du Unglückselige, – was hast du getan?!

NORA. Lass mich fort! Du sollst nicht für mich büßen. Du sollst es nicht auf dich nehmen.

HELMER. Keine Komödie. *(Schließt das Vorzimmer ab.)* Hier bleibst du und stehst mir Rede. Hast du einen Begriff davon, was du getan hast? Antworte mir! Hast du einen Begriff davon?

NORA *(blickt ihn unverwandt an und spricht mit erstarrendem Ausdruck).* Ja, jetzt fang ich an, gründlich zu begreifen.

HELMER *(geht im Zimmer umher).* Oh, welch ein furchtbares Erwachen. In diesen ganzen acht Jahren, – sie, die meine Lust und mein Stolz gewesen – eine Heuchlerin, eine Lügnerin, – Schlimmeres, noch Schlimmeres – eine Verbrecherin! – Oh, die bodenlose Abscheulichkeit, die aus alldem spricht! Pfui, pfui!

NORA *(schweigt und sieht ihn immer noch unverwandt an).*

HELMER *(bleibt vor ihr stehen).* Ich hätte auf so etwas vorher gefasst sein müssen. Ich hätte es voraussehen müssen. All die leichtsinnigen Grundsätze deines Vaters –. Schweig! Die leichtsinnigen Grundsätze deines Vaters hast du geerbt. Keine Religion, keine Moral, kein Pflichtgefühl – oh, wie bin ich dafür bestraft, dass ich ihm durch die Finger sah. Um deinetwillen tat ich es. Und so dankst du mir dafür!

NORA. Ja – so.

HELMER. Mein ganzes Glück hast du zerstört. Meine ganze Zukunft hast du vernichtet. Ach, entsetzlich, nur daran zu denken. Ich bin in der Gewalt eines gewissenlosen Menschen; er kann mit mir machen, was er will; von mir verlangen, was ihm einfällt; über mich gebieten, mir befehlen nach seinem Belieben; – ich darf nicht mucksen. Und so tief muss ich sinken und so jämmerlich zugrunde gehen einer leichtsinnigen Frau wegen!

NORA. Wenn ich aus der Welt bin, so bist du frei.

HELMER. Lass die Possen! Solche Redensarten hatte dein Vater auch immer bereit. Was würde mir das nützen, wenn du aus der Welt wärest, wie du sagst. Nicht das Mindeste würde mir's nützen. Er kann die Sache trotzdem bekannt machen; und tut er es, so wird man vielleicht den Verdacht hegen, dass ich um deine verbrecherische Tat gewusst habe. Man wird vielleicht glauben, ich hätte dahintergesteckt – ich hätte dich dazu verführt! Und das alles hab ich dir zu danken, dir, die ich während unserer ganzen Ehe auf Händen getragen. Begreifst du nun, was du mir angetan hast?

NORA *(kalt und ruhig)*. Ja.

HELMER. Es ist so unglaublich, dass ich es noch immer nicht fassen kann. Aber wir müssen sehen, wie wir da herauskommen! Den Schal herunter! Herunter, sag ich! Ich muss den Mann auf irgendeine Weise zu befriedigen suchen. Die Sache muss um jeden Preis vertuscht werden. – Und was dich und mich betrifft, so muss es aussehen, als sei alles zwischen uns wie bisher. Aber natürlich nur vor den Augen der Welt. Du bleibst also nach wie vor im Hause; das ist selbstverständlich. Aber die Kinder darfst du mir nicht erziehen; die wag ich dir nicht anzuvertrauen –. Oh! Das der Frau sagen zu müssen, der Frau, die ich so innig geliebt und die ich noch –! Nun, das muss ein Ende haben. Von heut ab handelt es sich nicht mehr ums Glück; es gilt nur noch die Trümmer zu retten, die Überbleibsel, den Schein – *(Es läutet im Vorzimmer. Helmer schrickt zusammen.)* Was ist das? So spät noch? Sollte das Entsetzlichste –! Sollte er –? Versteck dich, Nora! Sag, du seist krank. *(Nora bleibt unbeweglich stehen. Helmer geht und öffnet die Tür zum Vorzimmer.)*

DAS HAUSMÄDCHEN *(halb angekleidet im Vorzimmer)*. Ein Brief für die gnädige Frau.

HELMER. Geben Sie her. *(Nimmt den Brief und schließt die Tür.)* Ja, – von ihm. Du bekommst ihn nicht. Ich werde ihn selbst lesen.

NORA. So lies.

HELMER *(an der Lampe)*. Ich habe kaum den Mut dazu. Vielleicht sind wir beide verloren. Doch – ich muss es wissen. *(Reißt den Brief auf, durchfliegt einige Zeilen, blickt auf ein beigelegtes Papier; ein Freudenschrei.)* Nora!

NORA *(sieht ihn fragend an)*.

HELMER. Nora! – Nein! Ich muss es noch einmal lesen. – Doch, doch, es ist so. Ich bin gerettet. Nora, ich bin gerettet.

NORA. Und ich?

HELMER. Du auch – natürlich; wir sind beide gerettet; du wie ich. Sieh her. Er schickt dir deinen Schuldschein zurück. Er schreibt, dass er bedauert und bereut –; dass eine glückliche Wendung in seinem Leben –. Aber was er schreibt, das ist ja ganz gleichgültig. – Wir sind gerettet, Nora! Keiner kann dir was anhaben. O Nora, Nora –; doch zuerst weg mit den abscheulichen Sachen hier. Lass mich sehen – *(Wirft einen Blick auf die Schuldverschreibung.)* Nein, ich will es nicht sehen; die ganze Geschichte soll für mich nichts andres sein als ein Traum. *(Reißt den Schein und beide Briefe in Stücke, wirft alles in den Ofen und sieht zu, wie es brennt.)* So, nun existiert es nicht mehr. – Er schrieb, dass du seit dem Heiligen Abend –. Oh, das müssen drei furchtbare Tage für dich gewesen sein, Nora!

NORA. Ich habe in diesen drei Tagen einen harten Kampf gekämpft.

HELMER. Und du hast gelitten und keinen andern Ausweg gesehen als –. Doch wir wollen all die hässlichen Dinge begraben. Wir wollen nur jubeln und wiederholen: Es ist vorbei, es ist vorbei. So hör mich doch an, Nora. Du scheinst es noch nicht zu fassen: Es ist vorbei! Aber was ist das – diese starre Miene? Ach, meine arme, kleine Nora, ich verstehe schon, du willst noch nicht daran glauben, dass ich dir verziehen habe. Aber das hab ich. Nora, ich schwöre dir, ich hab dir alles verziehen. Ich weiß ja, was du getan hast, geschah aus Liebe zu mir.

NORA. Das ist wahr.

HELMER. Du hast mich geliebt, wie eine Frau ihren Mann lieben soll. Es fehlte dir nur an der nötigen Einsicht, die Mittel zu beurteilen. Aber glaubst du, dass du mir weniger teuer bist, weil du nicht auf eigene Faust zu handeln verstehst? Nein, nein, stütze dich nur auf mich, ich will dir Berater, will dir Führer sein. Ich müsste kein Mann sein, wenn nicht gerade diese weibliche Hilflosigkeit dich doppelt anziehend in meinen Augen machte. Vergiss die harten Worte, die ich im ersten Schrecken sprach, in einem Augenblick, da ich meinte, alles müsse über mir zusammenstürzen. Ich habe dir verziehen, Nora; ich schwöre dir, ich habe dir verziehen.

NORA. Ich danke dir für deine Verzeihung. *(Geht rechts durch die Tür ab.)*

HELMER. So bleib doch – *(Sieht hinein.)* Was willst du da im Alkoven?

NORA *(drinnen)*. Den Maskenkram heruntertun!

HELMER *(an der offenen Tür)*. Recht so, suche dich zu fassen und das Gleichgewicht deiner Seele wiederzuerlangen. Du mein kleines, verschüchtertes Singvögelchen! Ruh dich getrost aus, ich werde dich mit meinen starken Flügeln decken. *(Geht in der Nähe der Tür umher.)* O wie behaglich und schön unser Haus ist, Nora. Hier bist du geborgen; ich will dich halten wie eine verfolgte Taube, die ich den mörderischen Krallen des Habichts entrissen habe; ich werde dein armes, pochendes Herz schon beruhigen. Nach und nach, Nora – glaub mir das. Schon morgen wirst du alles mit ganz andern Augen ansehen; bald wird alles wieder beim Alten sein. Ich werde dir nicht mehr oft zu wiederholen brauchen, dass ich dir verziehen habe; du selbst wirst es untrüglich fühlen. Wie bist du auf den Gedanken gekommen, ich könnte dich verstoßen oder dir auch nur einen Vorwurf machen? Wahrhaftig, Nora, du kennst das Herz des Mannes nicht. Für den Mann liegt etwas unbeschreiblich Süßes und Befriedigendes in dem Bewusstsein, seiner Frau vergeben zu haben – ihr aus vollem, aufrichtigem Herzen vergeben zu haben. Ist sie doch gewissermaßen in doppeltem Sinne dadurch sein Eigen geworden; als hätt er sie zum zweiten Mal in die Welt gesetzt. Sie ist sozusagen sein Weib und sein Kind zugleich geworden. Das sollst du mir fortan sein, du schwaches, hilfloses Wesen. Fürchte nichts, Nora; sei nur offen gegen mich, dann werd ich dein Wille und auch dein Gewissen sein. – Was soll das heißen? Du gehst nicht schlafen? Du hast dich umgekleidet?

NORA *(in ihrem Alltagskleide)*. Ja, Torvald, ich hab mich umgekleidet.

HELMER. Aber warum denn? Jetzt? So spät –?

NORA. Diese Nacht werd ich nicht schlafen.

HELMER. Aber liebe Nora –

NORA *(sieht auf ihre Uhr)*. Es ist noch nicht allzu spät. Nimm Platz, Torvald; wir zwei haben viel miteinander zu reden. *(Setzt sich an die eine Seite des Tisches.)*

HELMER. Nora, – was soll das heißen? Dieser starre Zug –

NORA. Setz dich, es dauert lange. Ich habe mit dir über vieles zu reden.

HELMER *(setzt sich ihr gegenüber an den Tisch)*. Du machst mir Angst, Nora, und ich verstehe dich nicht.

NORA. Das ist es eben. Du verstehst mich nicht. Und ich habe dich ebenfalls nicht verstanden – bis zu dieser Stunde. Bitte, unterbrich mich nicht. Du sollst mich anhören. – Es ist eine Abrechnung, Torvald.

HELMER. Wie meinst du das?

NORA *(nach kurzem Schweigen)*. Wie wir so dasitzen, – fällt dir gar nichts daran auf?

HELMER. Was sollte das sein?

NORA. Wir sind jetzt acht Jahre verheiratet. Fällt es dir nicht auf, dass wir – du und ich, Mann und Frau – heute zum ersten Mal eine ernste Unterhaltung führen?

HELMER. Eine ernste Unterhaltung – wie das?

NORA. Acht ganze Jahre – und länger noch – vom ersten Tage unserer Bekanntschaft an haben wir nie ein ernstes Wort über ernste Dinge gewechselt.

HELMER. Hätt ich dich etwa beständig einweihen sollen in Widerwärtigkeiten, die du doch nicht mit mir hättest teilen können?

NORA. Ich spreche nicht von Widerwärtigkeiten. Ich sage nur, dass wir niemals ernst beieinander gesessen haben, um etwas gründlich zu überlegen.

HELMER. Aber liebste Nora, das wäre doch nichts für dich gewesen.

NORA. Da sind wir bei der Sache. Du hast mich nie verstanden. – Ihr habt viel an mir gesündigt. Zuerst Papa, dann du.

HELMER. Was! Wir beide – ? Wir beide, die dich über alles in der Welt geliebt haben?

NORA *(schüttelt den Kopf)*. Ihr habt mich nie geliebt. Euch machte es nur Spaß, in mich verliebt zu sein.

HELMER. Nora, was sind das für Worte!

NORA. Es ist so, Torvald. Als ich zu Hause bei Papa war, teilte er mir alle seine Ansichten mit, und so bekam ich dieselben Ansichten. War ich aber einmal anderer Meinung, so verheimlichte ich das; denn es wäre ihm nicht recht gewesen. Er nannte mich sein Puppenkind und spielte mit mir, wie ich mit meinen Puppen spielte. Dann kam ich zu dir ins Haus –

HELMER. Was für einen Ausdruck gebrauchst du da für unsere Ehe?

NORA *(unbeirrt)*. Ich meine, dann ging ich aus meines Vaters Händen in deine über. Du richtetest alles nach deinem Geschmack ein, und so bekam ich denselben Geschmack wie du; oder ich tat nur so: Ich weiß es nicht mehr genau – vielleicht war es auch beides: bald so und bald so. Wenn ich jetzt zurückblicke, so ist mir, als hätt ich hier wie ein Bettler gelebt – nur von der Hand in den Mund. Ich lebte davon, dass ich dir Kunststücke vormachte, Torvald. Du wolltest es ja so haben. Du und Papa, ihr habt euch schwer an mir versündigt. Ihr seid schuld daran, dass nichts aus mir geworden ist.

HELMER. Wie lächerlich und wie undankbar! Bist du hier nicht glücklich gewesen?

NORA. Nein. Das bin ich nie gewesen. Ich hab's geglaubt, aber ich war es nie.

HELMER. Nicht – nicht glücklich?

NORA. Nein, – nur lustig. Und du warst immer so lieb zu mir.

Aber unser Heim war nichts andres als eine Spielstube. Hier war ich deine Puppenfrau, wie ich zu Hause Papas Puppenkind gewesen bin. Und unsere Kinder, die waren wiederum meine Puppen. Wenn du mit mir spieltest, so bereitete mir das gerade solchen Spaß, wie es den Kindern Spaß machte, wenn ich mit ihnen spielte. Das ist unsere Ehe gewesen, Torvald.

HELMER. Etwas Wahres liegt in deinen Worten, – so übertrieben und überspannt sie auch sind. Aber von jetzt an soll es anders werden. Die Tage des Spielens sind nun vorüber; jetzt kommt die Zeit der Erziehung.

NORA. Der Erziehung – wessen? Die der Kinder oder meine?

HELMER. Sowohl deine wie die der Kinder, geliebte Nora.

NORA. Ach, Torvald, du bist nicht der Mann, mich zu einer richtigen Frau für dich zu erziehen.

HELMER. Und das sagst du so?

NORA. Und ich – bin ich denn für die Aufgabe gerüstet, die Kinder zu erziehen?

HELMER. Nora!

NORA. Hast du vorhin nicht selbst gesagt, – du dürftest mir diese Aufgabe nicht anvertrauen?

HELMER. Im Moment der Erregung! Wie kannst du darauf etwas geben?

NORA. Doch. Du hattest sehr Recht. Ich bin der Aufgabe nicht gewachsen. Zuvor muss ich eine andere Aufgabe lösen. Ich muss versuchen, mich selbst zu erziehen. Und du bist nicht der Mann, mir dabei zu helfen. Das muss ich allein vollbringen. Und darum verlass ich dich jetzt.

HELMER *(springt auf)*. Was sagst du da?

NORA. Ich muss ganz allein stehen, wenn ich über mich selbst und die Umwelt Klarheit gewinnen soll. Deshalb kann ich nicht mehr bei dir bleiben.

HELMER. Nora! Nora!

NORA. Ich verlasse dich sofort, Christine wird mich für diese eine Nacht aufnehmen.

HELMER. Du bist von Sinnen! Das darfst du nicht! Ich verbiet es dir!

NORA. Es hat von jetzt an keinen Zweck mehr, mir etwas zu verbieten. Ich nehme mit, was mir gehört. Von dir will ich nichts haben, – nicht heut noch später.

HELMER. Welcher Wahnsinn!

NORA. Morgen reise ich nach Hause – das heißt: in meine alte Heimat. Dort wird es mir am leichtesten werden, irgendwas Nützliches zu beginnen.

HELMER. O du verblendetes, unerfahrenes Geschöpf!

NORA. Ich muss versuchen, mir Erfahrung zu erwerben, Torvald.

HELMER. Die Häuslichkeit, den Mann und die Kinder zu verlassen! Bedenke: was werden die Leute sagen!

NORA. Darauf kann ich keine Rücksicht nehmen. Ich weiß nur, dass es für mich notwendig ist.

HELMER. Oh, das ist empörend. So entziehst du dich deinen heiligsten Pflichten?

NORA. Was verstehst du unter meinen heiligsten Pflichten?

HELMER. Das muss ich dir erst sagen! Sind es nicht die Pflichten gegen deinen Mann und gegen deine Kinder?

NORA. Ich habe andere Pflichten, die ebenso heilig sind.

HELMER. Das hast du nicht. Was für Pflichten könnten das wohl sein?

NORA. Die Pflichten gegen mich selbst.

HELMER. Vor allem bist du Gattin und Mutter.

NORA. Das glaub ich nicht mehr. Ich glaube, dass ich vor allen Dingen Mensch bin, so gut wie du, – oder vielmehr, ich will versuchen, es zu werden. Ich weiß recht gut, dass die Welt dir Recht geben wird, Torvald, und dass etwas Ähnliches in den Büchern steht. Aber was die Welt sagt und was in den Büchern steht, das kann nicht mehr maßgebend für mich sein. Ich muss selbst nachdenken, um in den Dingen Klarheit zu erlangen.

HELMER. Du solltest dir nicht klar sein über deine Stellung in der eigenen Familie? Hast du in solchen Sachen nicht einen untrüglichen Führer? Hast du nicht die Religion?

NORA. Ach, lieber Torvald, was Religion ist, das weiß ich ja gar nicht einmal genau.

HELMER. Was sagst du da?

NORA. Ich weiß nur, was Pastor Hansen sagte, als ich zur Konfirmandenstunde ging. Er trug vor, dies sei Religion und das. Wenn ich erst aus meinen gegenwärtigen Verhältnissen heraus und auf mich allein angewiesen bin, dann werd ich auch darüber nachdenken; ich will sehen, ob das, was Pastor Hansen gesagt hat, richtig war, oder vielmehr, ob es für mich richtig ist.

HELMER. Ah – das ist doch unerhört im Munde einer jungen Frau! Aber wenn die Religion dir eine Führerin nicht sein kann, so lass mich wenigstens dein Gewissen aufrütteln. Denn moralisches Gefühl, das hast du doch? Oder – antworte mir – auch das nicht?

NORA. Ja, Torvald, es ist nicht leicht, dir darauf zu antworten. Ich weiß es absolut nicht. Ich bin gänzlich irre daran geworden.

Ich weiß nur, dass ich von dergleichen eine durchaus andere Anschauung habe als du. Dass die Gesetze anders sind, als ich gedacht hatte, hör ich jetzt ja auch; dass sie aber richtig sind, – das will mir durchaus nicht in den Kopf. Eine Frau sollte also nicht das Recht haben, ihren alten, sterbenden Vater zu schonen oder das Leben ihres Mannes zu retten! Daran glaub ich nicht!

HELMER. Du sprichst wie ein Kind. Du verstehst die Gesellschaft nicht, in der du lebst.

NORA. Ich verstehe sie nicht – allerdings. Aber jetzt will ich sie mir näher ansehen. Ich muss herauskriegen, wer Recht hat, die Gesellschaft oder ich.

HELMER. Du bist krank, Nora; du hast Fieber; du bist wohl gar von Sinnen.

NORA. Ich habe noch nie so klar und bestimmt empfunden wie diese Nacht.

HELMER. Und klar und bestimmt gehst du von deinem Gatten und deinen Kindern?

NORA. Ja, das tu ich.

HELMER. Dann ist nur noch eine Erklärung möglich.

NORA. Welche?

HELMER. Du liebst mich nicht mehr.

NORA. So ist es.

HELMER. Nora! – Und das sagst du so?!

NORA. Es tut mir bitter weh, Torvald; denn du bist immer so lieb zu mir gewesen. Aber was ist da zu machen?! Ich liebe dich nicht mehr!

HELMER *(mit mühsam erkämpfter Fassung).* Ist das auch eine feste und bestimmte Überzeugung?

NORA. Ganz gewiss. Das ist der Grund, warum ich nicht länger hier bleiben will.

HELMER. Und kannst du mir auch erklären, wodurch ich deine Liebe verscherzt habe?

NORA. Das kann ich. Es war in der Stunde, als das Wunderbare nicht kam; und da sah ich, dass du nicht der Mann bist, für den ich dich gehalten hatte.

HELMER. Sei deutlicher; ich verstehe dich nicht.

NORA. Acht Jahre lang hab ich geduldig gewartet; denn, du lieber Gott, ich sah ja ein, dass das Wunderbare nicht wie ein Alltägliches kommen könne. Dann brach das Unglück über mich herein; und nun war ich unerschütterlich fest davon überzeugt: Jetzt kommt das Wunderbare. Als Krogstads Brief draußen lag – da dacht' ich auch nicht einen Augenblick, du werdest dich den

Bedingungen dieses Menschen fügen. Ich war fest überzeugt, dass du ihm entgegnen würdest: Tu es nur der ganzen Welt kund! Und wenn das geschehen –

HELMER. Nun, und –? Wenn ich meine eigene Frau dem Schimpf und der Schande preisgegeben –?

NORA. Wenn das geschehen wäre, so glaubte ich felsenfest – dann werdest du hervortreten und alles auf dich nehmen und sagen: Ich bin der Schuldige.

HELMER. Nora –!

NORA. Du meinst, ich würde ein solches Opfer niemals von dir angenommen haben? Natürlich nicht. Aber was hätten meine Versicherungen gegenüber den deinen gegolten? – Das war das Wunderbare, worauf ich in Angst und Bangen gehofft habe. Und um das zu verhindern, hätt ich meinem Leben ein Ende gemacht.

HELMER. Mit Freuden würd ich Tag und Nacht für dich arbeiten, Nora, – für dich Kummer und Sorgen ertragen; doch es opfert keiner seine Ehre denen, die er liebt!

NORA. Das haben hunderttausend Frauen getan!

HELMER. Du sprichst und denkst wie ein unvernünftiges Kind.

NORA. Mag sein. Aber du, du denkst weder noch sprichst du wie der Mann, an den ich mich anschließen könnte. Als sie vorüber war, – deine Angst – nicht vor dem, was mir drohte, sondern vor dem, was dich selber treffen könnte, als alle Gefahr vorbei war – da tatest du, als ob nichts geschehen sei. Genauso wie sonst war ich wieder deine kleine Lerche, deine Puppe, die du nun doppelt vorsichtig auf Händen tragen wolltest, weil sie so schwach und zerbrechlich ist. *(Steht auf.)* Torvald, in diesem Augenblick kam ich zu der Erkenntnis, dass ich hier acht Jahre lang mit einem fremden Mann zusammen gehaust und dass ich drei Kinder mit ihm gehabt habe –. Oh, nicht daran denken darf ich! In tausend Stücke könnt ich mich zerreißen.

HELMER *(schwermütig)*. Ich sehe, ich sehe. In der Tat, – zwischen uns hat sich ein Abgrund aufgetan. – Aber, Nora, sollte er sich nicht überbrücken lassen?

NORA. So, wie ich jetzt bin, bin ich keine Frau für dich.

HELMER. Ich habe die Kraft, ein anderer zu werden.

NORA. Vielleicht, – wenn dir die Puppe genommen wird.

HELMER. Eine Trennung – eine Trennung von dir! Nein, Nora, – den Gedanken kann ich nicht fassen.

NORA *(geht rechts hinein)*. Umso entschiedener muss es geschehen. *(Sie kommt mit Hut und Mantel zurück und trägt eine kleine Reisetasche, die sie auf den Stuhl am Tisch stellt.)*

HELMER. Nora, Nora, nicht jetzt! Warte bis morgen.

NORA *(nimmt den Mantel um).* Ich kann in der Wohnung eines fremden Mannes nicht die Nacht über bleiben.

HELMER. Aber könnten wir nicht hier leben wie Bruder und Schwester –?

NORA *(setzt den Hut auf).* Du weißt ganz gut, dass das nicht von langer Dauer wäre –. *(Hüllt sich in den Schal ein.)* Leb wohl, Torvald; die Kleinen will ich nicht sehen. Ich weiß, sie sind in besseren Händen als bei mir. So, wie ich jetzt bin, kann ich ihnen nichts sein.

HELMER. Doch dereinst einmal, Nora, – dereinst?

NORA. Wie kann ich das wissen? Ich weiß ja gar nicht, was aus mir wird.

HELMER. Aber du bist meine Frau, jetzt und in Zukunft.

NORA. Hör zu, Torvald; – wenn eine Frau ihres Mannes Haus verlässt, wie ich jetzt tue, so entbindet ihn meines Wissens das Gesetz aller Verpflichtungen gegen sie. Wenigstens entbinde ich dich jedweder Verpflichtung. Du sollst durch nichts gebunden sein, ebenso wenig wie ich es sein will. Auf beiden Seiten muss volle Freiheit herrschen. So, da hast du deinen Ring zurück. Gib mir meinen.

HELMER. Auch das noch?

NORA. Auch das.

HELMER. Hier ist er.

NORA. So, nun ist es also aus. Da lege ich die Schlüssel hin. Die Mädchen wissen in der Wirtschaft genau Bescheid – besser als ich. Morgen, wenn ich abgereist bin, wird Christine kommen, um die Sachen zusammenzupacken, die von Haus aus mein Eigentum sind. Sie sollen mir nachgeschickt werden.

HELMER. Aus?! Aus?! Nora, wirst du nie mehr an mich denken?

NORA. Ich werde gewiss oft an dich und die Kinder und dies Haus denken müssen.

HELMER. Darf ich dir schreiben, Nora?

NORA. Nein – niemals. Das verbiet ich dir.

HELMER. Aber schicken darf ich dir doch – –

NORA. Nichts, nichts.

HELMER. – – dir helfen, wenn du Hilfe brauchst.

NORA. Nein, sag ich. Ich nehme nichts von Fremden an.

HELMER. Nora – werd ich niemals dir wieder mehr als ein Fremder sein können?

NORA *(nimmt die Reisetasche).* Ach, Torvald, dann müsste das Wunderbarste geschehen. –

HELMER. Nenn es mir, dieses Wunderbarste!

NORA. Dann müsste mit uns beiden, mit dir wie mit mir, eine solche Wandlung vorgehen, – dass – ach, Torvald, ich glaube an keine Wunder mehr.

HELMER. Aber ich will daran glauben. Sprich zu Ende. Eine solche Wandlung, dass –?

NORA. – dass unser Zusammenleben eine Ehe werden könnte. Leb wohl! *(Geht durch das Vorzimmer ab.)*

HELMER *(sinkt auf einen Stuhl neben der Tür zusammen und verbirgt das Gesicht in den Händen).* Nora! Nora! *(Sieht sich um und steht auf.)* Leer. Sie ist fort! *(Eine Hoffnung steigt in ihm auf.)* Das Wunderbarste –?

*Man hört, wie unten die Haustür dröhnend ins Schloss fällt.*

# NACHWORT

Immer wieder kreisen Ibsens Dramen um den Problemkomplex der Lebenslüge. Frau Linde kritisiert in „Nora" die „Vertuschungen, Ausflüchte" (S. 63) und fordert, damit müsse es in der Ehe der Helmers ein Ende haben. Als Helmer befürchten muss, dass Krogstad ihn in der Hand habe, distanziert er sich sofort von seiner Frau, die ihn in diese Situation gebracht hat. Zugleich aber fordert er, „so muss es aussehen, als sei alles zwischen uns wie bisher. Aber natürlich nur vor den Augen der Welt" (S. 73). Als aber unmittelbar darauf Krogstad den Schuldschein mit der gefälschten Unterschrift großmütig zurückgibt, will Helmer zur „Normalität" zurückkehren, als sei nichts gewesen: „Die ganze Geschichte soll für mich nichts andres sein als ein Traum" (S. 74). In seinem Drama „Die Wildente" stellt Ibsen fest: „Nimm einem Menschen seine Lebenslüge, und du raubst ihm sein Glück."

Nur scheinbar sind Ibsens Dramen pessimistisch – zumindest in „Nora oder Ein Puppenheim" ist die optimistische Grundtendenz unübersehbar: Ibsen ist zutiefst davon überzeugt, dass der Mensch sich aus kleinbürgerlichen Unwahrheiten zu befreien, sein Leben zu ändern, zu sich selbst zu finden habe. In „Peer Gynt" gerät der Titelheld unter selbstsüchtig-dämonischen Einfluss: „Sei dir selbst genug", und scheitert an der eigentlichen Aufgabe des „Sei du selbst". Auch Nora muss erkennen, dass Helmer sich ein Scheinbild von ihr gemacht hat („Eichkätzchen", „Singvögelchen"), dem sie ängstlich zu entsprechen bestrebt war: „Ich lebte davon, dass ich dir Kunststücke vormachte" (S. 76). Wie sie für ihren Vater ein „Puppenkind" war, ist sie für ihren Mann eine „Puppenfrau" (S. 77). Ja, mehr noch: Helmer hält sich viel darauf zugute, seine Frau durch großmütige Vergebung „zum zweiten Mal in die Welt gesetzt" zu haben, sodass sie „in doppeltem Sinne dadurch sein Eigen ..., sein Weib und sein Kind zugleich geworden" sei (alle Zitate S. 75).

Es entspricht dem Denken des 19. Jahrhunderts, dass Rank als Arzt und Naturwissenschaftler sich ein ungeschminktes Bild über sich selbst machen kann – zumindest in medizinischer Hinsicht. Die eigentlichen Kontrastfiguren zum Ehepaar Helmer sind Frau Linde und der Advokat Krogstad. Beide haben sie aus Schicksalsschlägen und Enttäuschungen gelernt, wobei freilich Frau Linde die wahrhaft vom Leben Gereifte ist. Sie ist aber auch durch die bittersten Enttäuschungen gegangen: Der ungeliebte Ehemann, den sie heiratete, um Mutter und Brüdern finanzielle Sicherheit zu erlangen, ist gestorben und hat ihr buchstäblich nichts hinterlassen, „nicht einmal eine Sorge – oder ein Leid, von dem ich zehren könnte" (S. 11).

Damit wird deutlich, dass es Ibsen nicht um Gesellschaftskritik geht, sondern um die Menschwerdung des Einzelnen. Allerdings haben die Zeitgenossen sein Drama als Angriff auf die geheiligte Einrichtung der Ehe empfunden – sofern sie es nicht als Propagandastück der Emanzipation begrüßten. Aber nachdem Noras Sehnsucht nach dem „Wunderbaren" sich nicht erfüllte, danach, dass ihr Mann für sie eintreten und die Schuld auf sich nehmen werde, erkannte sie, dass sie sich ein falsches Bild von der Welt gemacht hatte, und zog die Konsequenz: „Ich muss ganz allein stehen, wenn ich über mich selbst und die Umwelt Klarheit gewinnen will“ (S. 77).

Alfred Kerr, neben Polgar einer der einflussreichsten Theaterkritiker in Berlin vor 1933, schrieb 1896: „Wenn man auf dem Zettel (d. h. der Programmankündigung) Nora liest, hat man gar keine Lust, hinzugehn. Das Stück bietet kaum Geheimnisse, denkt man . . . . Wenn man aber drinsitzt: dann spürt man doch die Tatze . . . Hier enthüllt sich das nicht mehr Zeitliche, das für immer Unverstaubliche darin: wie ein Mensch, die Nora, plötzlich die Menschwerdung mit erzitterndem Schmerz durchmacht“ (in: Die Welt im Drama, Bd. I, Das neue Drama, 1917).

Henrik Ibsen wurde am 20. März 1828 in Skien, Norwegen, geboren. Der Bankrott des Vaters, 1836, als Kaufmann wird für den Sohn zur Deklassierung: Er muss die Mittelschule verlassen. Nach Jahren als Apothekergehilfe besteht er 1850 die Externenprüfung und wird zum Medizinstudium in Oslo zugelassen. Schon 1851 übernimmt er (bis 1857) die künstlerische Leitung des neu gegründeten ersten Nationaltheaters Norwegens in Bergen und inszeniert dort vor allem Stücke von Shakespeare und eigene romantische Werke. Bis 1862 ist er Direktor des Theaters in Oslo. Es folgen Auslandsaufenthalte (Rom, Dresden, München), erst 1891 kehrt er endgültig nach Oslo zurück, wo er am 23. Mai 1906 stirbt. Wichtige Werke (in Auswahl):

1867 „Peer Gynt“, 1876 uraufgeführt

1877 „Stützen der Gesellschaft“, Uraufführung im selben Jahr

1879 „Nora oder Ein Puppenheim“, Uraufführung im selben Jahr in Kopenhagen, deutsche Erstaufführung in Hamburg 1880 mit versöhnlichem Schluss: Der Anblick ihrer Kinder veranlasst Nora zum Bleiben. Ebenfalls 1880 fand dann in München die erste Aufführung statt, in der Nora ihre Trennung von Helmer auch ausführt.

1881 „Gespenster“, Uraufführung in Chicago 1882

1884 „Die Wildente“, Uraufführung 1885

1890 „Hedda Gabler“, in München uraufgeführt

1892 „Baumeister Solness“, Uraufführung in London

Wiederholt wurden Aufführungen der Werke Ibsens durch die Zensur verboten, deshalb wurden sie häufig in geschlossenen Vorstellungen für die Mitglieder von Theatervereinen gespielt. Die wichtigste Einrichtung dieser Art war die „Freie Bühne“, 1889 in Berlin gegründet.

# WORTERKLÄRUNGEN

5 *Etagere.* Gestell für Geschirr
*Nippessachen.* kleine Ziergegenstände aus Porzellan, Porzellanfiguren

20 *Lazarus.* im neutestamentlichen Gleichnis vom reichen Mann und dem armen Lazarus (Lukas 16, V. 19 – 31) der an Aussatz leidende Arme (auf diesen Namen geht das Wort „Lazarett“ zurück)

28 *in blanco.* leer, also nicht ausgefüllt

38 *Tarantella.* rascher, sich im Tempo steigernder neapolitanischer Volkstanz im $^6/_8$-Takt, im 19. Jh. durch Instrumentalkompositionen weit verbreitet. Der Name geht zurück auf die Tarantel, eine in Erdhöhlen lebende Wolfsspinne, deren Biss schmerzhafte Entzündungen verursacht und zu hektischem Bewegungsdrang führt. – Dem entspricht der nervös übersteigerte, verzweifelte Tanz Noras

43 *genieren.* sich schämen, als peinlich empfinden

65 *kapriziös.* von ital. capriccio, der freie Einfall, die fantastische Laune, also launenhaft, wunderlich. Helmers Wortspiel, in dem er „kapriziös“ mit „Capri“ verbindet, ist freie Erfindung

84 *Tatze.* Etwa: den Zugriff des Schicksals, des Lebens